致：准备出国留学的中学生们

ZOUXIANGMEIGUO

走向美国

——低廉学费在美国名校读高中

聂震◎著

品学兼优北师大附中高材生亲历纪实：

● 自助选读学费低廉美国中学名校，
● 奋斗一年，轻松成就零九年全美排名
第四十名次优质大学梦

中央编译出版社
Central Compilation & Translation Press

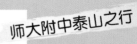
师大附中泰山之行

夏末的海滩之行

与Eddie在华尔街

我和接待家庭

刚理完发的我与兼职消防员Troy同学

圣诞节长假去纽约旅游

毕业典礼校长给我颁奖

"火与冰"休学旅游

圣诞节前的泛舟

春假去旧金山旅行

波兰朋友Wojciech的生日聚会

毕业旅行

与摇滚乐队女主唱合影

游轮上举行的毕业舞会

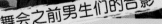

舞会之前男生们的合影

篮球队颁奖仪式

毕业班

目　录

3

格雷思学校校长兰迪·韦德为本书写的序言

Preface

Zhen Nie, an international student from Beijing, The Peoples Republic of China , was a one of the most incredible students who attended Grace Christian Academy for the 2007 –2008 academic school year. Grace Christian Academy is located in the heart of the deep south, just 15miles outside of the historical Charleston, South Carolina. The landscape is filled with centuryold live oak trees covered with Spanish moss that hangs lazily on the low bracnhes.

Zhen Nie' s arrival in Charleston was one of great excitement that would change his life forever. He chose to be called "Ash" while in America for the his friends and acquaintances. As his principal and Elementary Statistic teacher, I found Ash to be one of the most enjoyable international students in attendance. His concentration on his education and dedication to succeed were both remarkable and noteworthy. I believe Ash wants to make a positive impact on his world.

His presence in America will also be a direct reflection on his native home land. I can't commend his efforts enough. This book, a story of an international students' life in American, is intended to give substance to the hopes and dreams of other international students as they consider making the same decision to study abroad, expanding their horizons. It is an honor to introduce to you "Ash", and I pray that this book will reveal the true personage of this awesome young man as I saw him.

Rev. Randy Wade

Principal

Grace Christian Academy

August, 2008 at Chaleston of Suoth Carolina, U.S.A.

格雷思学校校长兰迪·韦德为本书写的序言中文译文：

　　聂震，一个来自中国北京的国际学生，在格雷思学校的2007-2008年度里，是最令人赞叹的学生之一。格雷思学校地处美国南部核心部位的南卡罗来纳州，距历史名城——查尔斯顿仅15英里。此地风景如画，处处可见经历过世纪沧桑的老橡树，美丽的西班牙蔷薇爬满了树枝，并悠闲地垂吊在那些低矮的枝干上。

　　聂震来到查尔斯顿是一件令人振奋的事情，也一定会对他人生的改变具有深远的意义。为便于与新的同学和朋友们交往，他给自己的英文名字是"Ash"。作为他的校长和数学教师，我深切地感到聂震是我最为欣赏的国际学生之一。他对学习的执着和对成功的追求是非凡的和值得关注的。我坚信，他所想要做的就是去积极影响他所在的那个世界。

　　聂震在美国表现出的精神面貌也直接反映了他的祖国的状况。无须我过多地评价他所作出的努力，这本讲述了一个国际学生在美国生活故事的书，会给您提供最为真实的感受。尤其对那些有着同样期望与梦想的年

轻人，在他们打算要作出扩展视野，到国外学习的决定时，我荣幸地将Ash 推荐给你。

我祈祷这本书能够使人们看到这位优秀年轻人的真实人格魅力！

格雷思学校校长

兰迪·韦德

2008年8月于美国南卡罗来纳州查尔斯顿

前　言

　　到今年底，我就将满20岁了。有幸出生在中国的改革开放时期和经济全球化、信息化的时代，我于中学时期就萌生了到丰富多彩的外部世界闯荡一番的念想。平时耳濡目染的许许多多成功人士经过在海外的学习和奋斗而功成名就的故事也总令我热血澎湃。此外，相关国外教育体制、各国文化传统及其生活方式的不同之处的新闻报道也使我对异国生活产生了好奇。为此，我在进入高中后就猛攻英语，为将来做一些准备，希望自己今后能有机会到异国他乡求学创业，成为对国家，对社会，甚至对人类有所贡献的人。

　　原计划在国内读书直到高中毕业，并且在准备高考的同时办理申请国外大学的各种手续。可往往机会总在不经意间出现，却又不给人宽裕的时间去权衡利弊，错过了就再也没有了。在我高二学习临近结束时，赴美国高中读书的机会不期而至。最终我和父母亲友还是决定抓住这个机会。与许多作为交流学生的中学留学生不同，我既不是交换学生，也不是走中介路线申请入学，而是得到学校的信息后，抱着尝试的心态，完全由自己完成的转学申请。入学行程也均需由自己安排。一般而言，作为中国赴美国学习的中学生多为交流学生，即通过国际交流学生组织的安排而成行，而且都只为11年级（相当于国内高二）以下的学生安排。而我所在的年级是毕业年级，这是经过我自己的努力才得以实现的。从在北师大附中开始准备推荐信、成绩单以及各种材料开始，到通过审核，以及办理护照和签证，经过了繁琐的初始步骤，还不到18岁的我才终于得以孤身一人，离家万里，踏上了自己的美国求学之路。在南卡罗来纳州的格雷思学校的一年充满喜悦与汗水，彷徨与奋斗的异乡生活也由此展开了。

在美国的中学里，作为毕业年级的学生与其他年级的学生相比，有着截然不同的职责和荣耀，同时也意味着要完成一些必需的工作和参加一些特有的传统活动。作为毕业年级的一员，参与这些活动无疑给我提供了难得的了解美国社会文化传统以及美国中学教育机制的绝好机遇，也让我体验到了美国学生的学习生活，感受到了他们的思想、情感和友谊。此外，我所就读的学校是一所基督教教会办的私立学校，在校内的生活和许多活动都与基督教有着联系，而基督教又是美国社会及其文化的一个重要组成部分，这就使我又多了一个了解美国社会的渠道。

到美国以后，对于全新的生活和学习环境，我虽然是有备而来，但不同的宗教文化、重新开始的人际关系，以及相异的生活方式、教育方式甚至是思维方式还是令我目不暇

接。在适应新的学习和生活节奏的过程中，我还得完成来此最重要的使命——美国大学的入学申请。学习有压力，生活要适应，人际关系要调整，既定的工作要完成。尽管有校长、老师和接待家庭的关心和帮助，但永远会有更多的具体问题出现，而我只能靠自己孤军奋战，并且往往付出了，也得不到回报。其间不乏内心的酸楚与艰辛，有许多无奈的经历，不过日常生活中也有不少令人兴奋的活动加以调剂。而每当我认为是有意义的事情发生后，我都会将其记录到我的互联网博客中，与朋友分享。大学入学前的假期中，我开始着手将这些内容汇编成一篇篇短文，以此记录和纪念我留学生涯青涩甚至略显稚嫩的第一步的同时，我也重温了许多当时的快乐和欣慰，反思了遗憾和失误，并从亲朋好友处得到不少有益的回馈，为赴美高中的留学之路作了总结。同时，我也希望能够与更多的人分享这些经历和经验，尤其对于那些有出国求学想法的学生朋友们及其家长，或许有一定的参考价值和意义。

这也是我写这本书的心愿与目的。

聂震

于美国伊里诺伊大学香槟分校

2009年元月

7

第一章

梦想的起航

1 出国念头的萌生

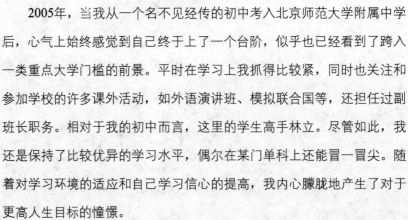

2005年，当我从一个名不见经传的初中考入北京师范大学附属中学后，心气上始终感觉到自己终于上了一个台阶，似乎也已经看到了跨入一类重点大学门槛的前景。平时在学习上我抓得比较紧，同时也关注和参加学校的许多课外活动，如外语演讲班、模拟联合国等，还担任过副班长职务。相对于我的初中而言，这里的学生高手林立。尽管如此，我还是保持了比较优异的学习水平，偶尔在某门单科上还能冒一冒尖。随着对学习环境的适应和自己学习信心的提高，我内心朦胧地产生了对于更高人生目标的憧憬。

与此同时，我的家庭对我的前途也产生了新的影响。父亲在一家大型企业做国际业务，经常去一些发达国家出差，也时常关注国内外的教育情况。有几次出差到美国他还专门向一些朋友咨询关于孩子出国学习的利弊和时机的问题。回到家时，也常向我们谈及他所了解的情况和他自己的看法。这些见闻和经历引起了我的强烈的好奇心，我也开始更多地了解国外的相关教育发展状况并时常与国内大学的教育状况做比较，我认为在中国的中学教育尽管死板一些，但基础打得还比较扎实，大学的情况和国外相比却差别很大。国外大学的教育与实际结合得要更紧密些，教学方式也更开放，注重互动和启发，师生比例较国内大得多，教学硬件方面也都是多数国内大学所不能望其项背的。而所有西方国家中，美国的一流大学最多。就我听说的情况是，国内很多大学生在读书期间都用大量的时间来准备TOEFL、GRE等英语资格考试，为研究生时出国做准备。我以为与其如此，倒不如直接到美国的一所好大学就读本科。这样不仅能够实实在在地读完高质量的四年大学课程，而且也能为大学后的学习或工作打下一个良好的基础，可以更好地适应当地的文化和习俗。由此我萌生了去国外读名牌大学的想法，但当时尚无任何具体计划。

就在我高一下学期期中考试后不久的一天，母亲下班回来带了一张报纸。报纸上刊载了一则醒目的广告："SAT，进入美国名校的金钥匙。"这是一则我以前从未听说过的英语培训课程的广告，内容介绍了SAT就相当于美国的高考，只有SAT得了高分，进入美国名校才有把握。此前，我只知道有个TOFEL考试，却并不知还有一个更重要的SAT。当时这个培训学校正在招收第一期学员，其目标培训对象正是高一的学生。因为按照其时间安排介绍，美国大学的申请最好在高三年级开学伊始甚至更早就开始。而此前就应该拿到有关考试的成绩，所以在高二结束前要完成考试。对高一下学期的学生来说，时间已经不太宽裕。

全家人对这篇广告的内容进行分析和讨论后，大家觉得这是一个很好的学习机会，应该试一试。尽管这个培训班的费用要比普通的高中课程补习班贵得多，但是抱着至少能提高英语水平的想法，第二天我就去报了名。从那个周末开始，我就每周两天投身到这个可能将持续一年的长期培训中，也从此正式踏上了走向美国的求学之路。殊不知，这着实不是一件轻松的事。

2 英语培训

该培训学校是一所民办外语培训及中介机构。当时也是刚刚开办针对SAT的英语培训课程。培训班的教室就在北京某大学的教学楼内，其师资力量是以高等院校的英语教师为基础，再加上一些外聘的老师授课。学校的规模和名气虽然不大，但学习环境倒很不错。培训班又分为TOEFL班和SAT班。虽然以前大多留美的学生一般只有TOEFL成绩，但有了SAT的高分后，进入一流大学就会有更大把握，而且更有获得奖学金的机会。

进入SAT班伊始，所有学员就做了一套模拟题，也让我感到了SAT的难度很大。该考试分为10部分，分别为写作(writing)，阅读(critical

reading)和数学(math)三类。真正令人头疼的部分主要是阅读内容的单词量大，满篇文章认识的单词只有少数，根本无从理解文章的意思。以前我还看过一两本TOEFL的教材，就觉得生词已经很多了，现在遭遇SAT，简直比TOEFL的难度翻好几倍。老师上课虽然讲讲文章，帮助大家增强理解，但要提高阅读能力，对我们这些学生来说主要的还是要增加单词量。因此老师也讲一些记忆和理解单词的技巧，但事实上用处并不十分明显，真正的记忆过程还是要靠死记硬背。必须尽量利用课外时间去记单词，每天都应该完成一定的量，谈何容易啊！另外，事实上SAT还有各种单独课程的专科考试，被称为SAT2，由数学、物理、化学、生物，以及多种语言考试组成。但我连SAT都忙不过来，更不要说SAT2了，我知道了差距。

　　我所在的这个班开始时只有不到十个学生，后来又逐渐有所增加。大多数学生都是来自北京名列前茅的市重点高中，比如四中、人大附中、八中、北师大附属实验中学和汇文中学等等有名气的学校，也有少数几个来自外地的学生。通过课堂上的发言，也确实感觉到其中有一些同学水平很高。课后大家聊天，我才知道，原来少数几个人曾有过去国外留学的经历，一位来自汇文的学姐就在高一时以交换学生的身份到美国中学里学习过一年。还有些人已经有了旧式的TOEFL考试成绩，高的分数已达到了590多分。与他们的交谈中，我还了解了许多对我来说很陌生的信息，如参加考试的一些细节，什么样的成绩大概能上什么样的大学，国外学校的生活等等。在这些方面我增加了不少见识，另外也让我感到自己与别人的差距挺大，要赶上去并非易事。

实际上，这所学校开设的TOEFL培训班，所有SAT班的学员也都可以去免费学习，算是"一条龙"教学了。我曾经想直接把SAT拿下，之后相对简单的TOEFL肯定也能迎刃而解，只不过SAT的难度对于基础并不坚实的我来说似乎难以征服。但是新的TOEFL internet based test，简称IBT，也就是网考，马上就要推出并取代之前的纸考（满分677）和机考（满分300分）。与老式TOEFL只注重听力，阅读不同，新TOEFL考试对听，说，读，写，四个方面都有相同强度的测试。从某种意义来讲，难度有所加大，不过对于英语学习者来说，也未尝不是一种机遇——如果能顺利在新TOEFL中取得好成绩，也直接说明了考试者自身具有合格的英语综合应用水平。另一方面，就时间来看，参加新TOEFL的考试也应排在SAT之前。回家后，经过与家长的一番商量讨论，我们都认为应该先把重心从云山雾绕的SAT培训转移到新TOEFL的课程上。首先，相比较SAT，TOEFL肯定要容易些，这样先易后难，循序渐进，也能为之后准备SAT考试打好基础。等TOEFL成绩上来了，SAT想必也会相对容易些。再者，TOEFL成绩是对留美学生的基本要求，必要性更甚于SAT成绩。如果说TOEFL是必需的通行证，那么SAT就是在留学路上锦上添花的旅行坐驾。尽管对于上名校非常有用，但是即使没有它，也是能去美国读书的。全家人就这样，达成了一致意见。此时已经临近高一第二学期期末，师大附中的课业十分繁重，我那段时间也就没有去那所培训学校学习，打算暑假期间去参加其新TOEFL的培训课程。SAT的事情就暂时搁置下来了。后来我学完TOEFL，再回到SAT班的时候，也已是另一个班了，有近三四十人，不过这是后话了。

暑假来临，我也开始了TOEFL的学习，每天奔走于家和课堂之间，背单词，做题，听讲解，再做题，日子过得也很充实。认真学了一段时间，果然感觉进步很快，词汇量有了提高，题型也都熟悉了，还掌握了一些应试技巧。经过测试，我的模拟考试成绩可以达到70几分，相当于老TOEFL的500分左右。按老师的建议，我注册报名了2007年3月份的新TOEFL考试。这样即使我到时候发挥不好，8月假期时也还可再考一次，给来年申请大学的准备工作多上了一道保险。接下来的时间，我还是主攻TOEFL，几乎每个周末和每天的大部分课外时间都被用来记单词和做练习。然而生活总是充满了意外，一天我在课后与其他学员打球的时候，不慎受伤，脚踝轻微骨折，到医院治疗后就被打上了石膏。为了跟上课程，我仅在家休息了3天，就让父母接送着去上课了。教学楼的电梯假期不开，我每天都要拄着双拐去4楼的教室学习，中午吃饭也都是靠同学帮忙打饭，这种状况在炎热的酷暑持续了半个多月，个中辛苦体味颇深。

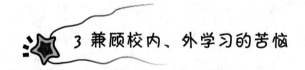

3 兼顾校内、外学习的苦恼

我的英语水平在培训中得到提高的同时，紧张的高二生活也开始了。由于TOEFL班已经结课，我又恢复到每个周末都去培训学校学SAT的作息状态，因此占用了许多本应用来做高中作业的时间，许多基本的作业有时候都没法完成，活一点的课后任务，大多根本就没时间去做。

日子一长，自己在学校里的成绩就出现了明显的下降。

其实高二伊始，我就感到有些力不从心。除去个人时间分配的原因，师大附中的课业本身已很繁重，而且课程本身的难度在增大，还增添了生物这门新课。另外，由于文理分班，我原来的班级被拆散了，重新融入到一个陌生的集体中也要花费时间和精力……果然，我的开学测试成绩很不理想，平时自己优势的科目，如数学、物理也只能得70多分，较弱的科目如化学，只有60分左右，成绩掉下来了一大截，情况很是危险。而在校外，我却要在学习SAT的同时，准备来年开春时分的TOFEL考试。这着实令我感到力不从心，分身乏术。

根据我所了解到的国外大学录取新生的要求，对于申请的学生来说，他们从初三到高三的四年在校成绩也是非常重视的。而中国的教育制度又和美国大不一样。就北京来说，在市重点里考不及格的学生，在普通学校很有可能具备拿满分的实力。可是成绩单却只能显示分数，这样一来，如果分数不好看，名次再高，也未必对申请大学有帮助。也许有人会问，为何不找学校商量，对成绩进行换算，改分？事实上，确实听说有一些市重点可以对申请国外大学的学生"网开一面"，但是北师大附中却不行。没有办法，我只得将部分课外的时间重新用来做学校的作业，同时只能保留少量时间记忆英语单词。由于此时的作业量也加大了许多，只得靠我晚上加班加点熬夜来弥补，经常到深夜才睡。经过一段时间，学校的成绩又有了些起色。但不多久，就引起了父母的注意，担心我的身体状况，尽管我解释说韩国学生早就有"5小时睡眠法则"，但他们还是不同意我这样下去，怕会影响身体健康，降低学习效

率。我自己也确实感觉到长时间熬夜不是好出路，就按照和家长商讨的计划，以师大附中的学业为重，用剩余的课外时间积极备战即将到来的TOFEL考试，而SAT的学习则暂停，待考完TOFEL后再继续学。试行一段时间后，的确感觉轻松不少。我也终于在期末考试中找回了自信，高二的第一学期就这样告一段落，接着寒假备战托福的学习开始了。

4 初次接触美国中学的招生会

自从设定了我赴美留学的基本战略，父母就开始抽空带我去了几家专门从事留学服务的中介公司，并在他们那里作了登记，希望今后能从这些机构了解到一些相关的信息。在备战TOEFL的这个寒假的一天，父亲下班回家后告诉我，他接到其中一家中介公司的通知，有一所美国中学来北京做推介，并可以当场做面试，让我去参加。

记得那次推介会是晚上在北京的一家饭店举行的。当天吃过晚饭，抱着对美国学校增加些认识的的初衷，我和父亲出发了。到那里时，已有十几个学生及其家长已到会场。由公司的负责人介绍了这所美国中学的校长之后，这位校长开始给大家介绍该学校的背景、教育优势以及他们招生的条件等等。发言也都由公司的工作人员进行翻译。这所中学是来自美国伊利诺伊州的Lake Forest School，教学设施完备，师资力量充足，是当地一所知名的寄宿学校，有不少国际学生在该校就读。而且该校在许多国家都有招生计划，对中国的学生印象也很好，并已有少量的中国学生在那里就读。美方校长介绍完毕后，还请了一位在校中国学生的家长现身说法，从学生和家长的角度使在座的人对该校产生感性的认识。这位家长是去年送他女儿入学的，读的是初中。美国的学校从小学到高中共分为12个年级，和中国差不多。他亲眼看到这所学校的实际情况，并非常了解他女儿在那里的学习状况，从他介绍的情况来看，Lake Forest School的学习环境和整体氛围都相当不错，生活、课外活动也非常丰富，还有老师负责专门指导刚去的外国学生适应新的生活，尤其是安全很有保证。看来中国学生去了那里应该都能适应。我有点跃跃欲试的冲动。

接下来是学生和家长提问，学校的招生负责人作答。第一位提问的是个初三女孩，她的问题主要是国内初中学习如何与美国10年级的学习进行衔接。后来多是家长们的提问，学生直接提的较少。在我爸的示意下，我也举手用英语提出了我的问题，即学校对招收高三学生的考虑。可能是觉得我的英语还算可以，负责人也用英语直接回答我。意思主要是他们这次来的目的是要招收高一和高二的学生，对于高三的学生原则上不招。至于其具体的原因，他用英语解释的非常快，我没能理解透彻。加之一些家长的提问也很多，我只得下来再说。

提问结束后，工作人员给每个学生发放了一张表格让大家填写，填写完毕后就可以与学校招生人员面谈。由于我的座位比较靠前，被安排在前几名面谈。面试我的正是招生办的主任，一位漂亮的女老师。她主要问了我一些学习的情况、学校的情况以及家庭情况。我想这主要是在考察英语水平和反映能力。当她得知我已是高二学生时，就向我详细解释了他们原则不招收高三学生的原因：一、外国学生到美国后一般都需要有一段语言和生活的适应期，快的三四个月，慢则五六个月或更长时间；二、美国中学的课程与中国的相差很大，教学方式也有很大差别，需要一定的时间来适应；三、美国大学的入学申请提前时间很早，在12年级开课后不久就要立即进行。因为一流大学的申请工作一般应该在入学年的上一年的年底前完成。即意味着自8月底开学后，从10月到12月既要准备TOEFL、SAT等考试，又要准备大量的申请材料。当然许多大学的申请也可以延续到次年的一二月份，可是美国大学的申请是越早越有利。这样一来，对于12年级新招收的外国学生来说，学习和适应的时间就相当紧张，尤其是对那些想上一流大学的学生而言。在我的要求下，这位金发老师答应为我关注高三入学的可能性，有了消息会通知我，并给我留下了她的名片。同时我也了解到这个学校的学费是每年4万多美元，当时相当于30万人民币，对于我的家庭来说也不是个小数啊！

　　带着所了解到的全新信息，我们离开了招生会。路上我问父亲，"如果人家真的可以录取我，我能去吗？""可以考虑！"老爸答道，并给我做了进一步的分析，说国内高中的主要课程其实基本上都在高二学完了，高三多是复习和准备高考。如果能利用高三的时间到美国先练练语言，熟悉一下当地文化，应该是挺好的。只要费用不是太高，因为后面还有四年大学生活也要大量花费。我倒是觉得这么高的学费上高中，实在是非常不划算……不过自那天以后，也再也没有接到有关的通知，我也没继续联系那所学校。但是去美国读高三的念头，却已根植在我的心中。

5 首次考TOEFL

　　3月3日这一天终于到来了，这是我第一次参加真正有难度的英语水平等级考试的日子，记得那是个周六，当天一大早我就起了床，按照早已准备好的清单又检查了一遍需要带上的资料，证件。窗外的天阴沉着，还下着雨。老爸因为要到单位加班，已经先出了门。吃过早饭，我妈就开车送我去北京外国语大学的考场。一路上，雨越下越大，老妈抱怨了几句天气。而我心中却思量着，索性下得透些也无所谓，或许还能使我在考试中更加镇定。以前总是听说这种考试非常难，而且这是TOEFL实行网考的第一年，考试内容和规则都有了很大的变化，理论上说是更针对考生的能力进行测试了，但实际上比以前的笔考要更难些，还增加了口语部分。虽然我已经上过了有关的培训班，有了一定的准备，但随着这个日子的临近，我的心情不免也有些紧张。最近两天都没太睡好，因为对自己临场发挥的能力仍然心里没底。

　　带着些许忐忑，我们已经进到北外校园里，进入考试中心后，先到了一间大教室。有关的工作人员已经安排好了我们第一件要做的事情——填表、签协议。我大致看了一下协议的内容，主要是保证自己的考试一定真实，绝对没有作弊之类的，并愿意对自己的保证承担责任的条款。毋庸置疑，这是必经过程，我很快就填好了。接着就准备进入考场，由于考场只能提前15分钟进入，大家都站在走廊内等候。这时，我发现来参加考试的中学生很少，多是大学生，还有些年纪更大的成年

人。我心中思忖着，以后一定会有越来越多的中学生加入这个行列吧。

到了进入考场的时间，大家排队通过检查后才能逐个进入，因为证件核对得非常严格，有2个大学生样子的人被禁止进入考场，原因只是因为他们只带了一个身份证明，而不是如规定须携带除准考证外的2个身份证明，即除了身份证（这是必须的，或者护照），还要有一个能证明你身份的证明，如学生证、工作证、记者证、驾照等。我带了学生证，没有问题。记得我爸此前还专门让我找学校将学生证上的注册章及时盖上了。我暗自庆幸着，而此时那2个人也在大声辩解，说有身份证就应该能足以证明身份了，为什么还要第2个证明？结果却是徒劳，他们很快被请到离考场较远的地方，去做进一步的交涉了。看着远去的纷争，无聊地排着队，等待着。我站在昏暗的楼道里，只觉得心如止水一般，脑中空空如也。

考试之前还要进行拍照，之后由工作人员领进机房并指定计算机。调好耳麦，考试就正式开始了。TOEFL iBT的考试内容，先是阅读，然后是听力，第三部分是口语，最后是写作。其中间隔的时间，考生可以出去稍稍活动活动放松一下。全神贯注考完第一部分后，我的紧张情绪放松了一些。在我出来喝水时，听到附近的一些人议论到这次的题目很难，我的心情又缓和了许多，因为我刚完成的阅读部分几乎是在有限的时间内刚好做完全部的题目，看来并非自身英语能力不行。

接下来的考试虽然紧张，但都还能平稳进行。期间的休息时间，我没吃任何带来的东西，因为确实没有饿的感觉。虽然每个部分都有一些题目拿不准，不过总算是都在规定的时间内完成了。在听力部分我还遇到了加试，又多做了好些题目。另外，在口语考试之前的休息时段，由于大家进度不一样，有些人已经开始做口语考试了，我根据听到的内容，推测口试的题目，倒还真起了点作用，起码心里面感觉有底了。

三四个小时左右的考试就这样度过了，当我走出考场时，已是下午，父母都在等我"怎么样？""还可以吧！"我说道，并大概给他们介绍了一下考试的流程以及考场的情况。虽然仍没感觉到饿，我还是在他们的劝说下吃了些点心。我妈在我考试的时候，还到附近书店给我买了2本与留学相关的书籍。我只觉得如释重负，心情大好。终于算是了结了一桩大事。剩下的时间，又要把注意力放回学校的课业和SAT的准备了。

考试结束后的日子过得比较规律，学校生活按部就班的进行着，SAT的准备却还没有时间完全展开。不久后，到了TOEFL考试出成绩的日子，我在网上查到自己的分数。总分84分，各科成绩也较为均衡。参看新老TOEFL的换算表，我的成绩相当于老TOEFL纸考的563分，已经符合了最低TOEFL成绩要求通常是550分的许多美国著名大学的标准。甚至很多学校的研究生院的TOEFL成绩最低录取分数也就550分左右。我略感喜悦的同时，也觉得应该再考一次，毕竟84分的成绩只能算一般，要想将来在众多申请者中脱颖而出，还需要更有竞争力的分数。我的少数同学，模考就能取得90甚至100以上的分数……但目前对我而言已比较知足了。

6 再次参加美国中学的面试

就在TOEFL考试后不久，又有一家中介公司来电话通知我去参加某个美国中学的招生会，说是有两所美国学校来京招收中学生。因为有了与美国中学的第一次接触，以及感觉到这次TOEFL考得还可以，我就自信满满地按照所通知的时间和地点赶到那里。

这家中介公司将两所学校的招生面试集中到了一起，一所是私立的女子高中，学校环境很不错，可惜我不是女生。另一所是美国新罕布什尔州的New Hampshire School, 也是一所私立高中，到目前为止还没有中国留学生，唯一的亚裔学生来自韩国。这是第一次来中国招生，他们的校长和招生办主任也是第一次来北京，根据他们介绍的情况来看，这所学校的主要招生对象也是高二以下的学生，但没有说不招高三新生。整体感觉上，这所学校各方面的条件都很好，校园在波士顿以北100公里，环境非常优美，教学条件很好，每年都有许多学生升入名校，课余时间的学生生活也丰富多彩，12年级还有专门的升学指导老师负责学生的大学申请事宜。但是学费却非常之昂贵，多达每年4.6万美元。从中介公司的宣传资料上，我还发现了几所计划来京，却未能成行的学校资料。其中有几所似乎也值得考虑……

介绍过后，面试就要开始了，有了上次面试的经验，这次我的自信增强了许多，也不紧张了。我先填了一些简单的表格，就迎来了New Hampshire School校长的面试。这位校长还比较年轻，感觉在三十至四十岁之间，毕业于长春藤名校达特矛斯大学。一开始我就比较热情得向他打招呼，争取主动和先机。并在问候过后，直接向他介绍了我自己和我现在就读高中的基本情况。他听后，又大致看了眼我之前在表上填写的内容，问了我一些关于个人爱好之类的问题，我利用自己平时对电影的爱好与校长谈了许多有关电影导演和明星的话题，并表示自己对他的学校印象很好，希望能有机会去就读。校长对我的评价也很高，说我的能力很强，英语口语很好，所在的学校也很棒。但他们这次主要招收11年级（高二）以下的学生，不过也不是绝对不招12年级的学生，主要是考虑到12年级学生刚去不久就会面临大学入学的申请工作，担心时间紧，怕短时间内难以适应。于是我告诉他，我是一个适应能力很强的学生，而且不久前我已经参加过了TOEFL考试，起码语言上会适应的很快。面试当天，托福的分数还没有出来，校长就先让我回家等候通知，并告诉我该学校会有人与我保持联系，而且等TOEFL成绩出来后，一定要告诉他。不管能否被录取，我感到这次面试是还挺成功的。

此后，我与新汉普顿学校的校长秘书通过E-mail取得了联系，他告诉我说校长对我的印象很深，估计录取应该问题不大，但还要看他们在国内外招生的总体情况。另一方面，我也与那天拿到的其他一些学校进行了联系，筛选出一个位于美国南卡罗来纳州的历史名城查尔斯顿市郊的私立教会高中，Grace Christian Academy。它的优势主要在于学费便宜，是New Hampshire School的二分之一！这些学费中还包含了住宿和大部分餐饮费，但不包括一些活动，如旅行、某些运动项目等和少部分餐费。通过与负责招生的老师的联系，这所学校也表示对我很有兴趣。

于是在TOEFL考试分数出来后，我立即就给这两所学校都发送了过去。又过了不到一个月的时间，我先后收到了这两所学校寄给我的邮件包裹，里面都是申请表格和有关的资料，并让我将这些表格填好后连同有关的材料，如我在师大附中的成绩单等，寄给学校，之后学校将据此进行评审，并作出最终是否录取的决定。

面对这项新的工作——填表和准备有关材料，我又忙碌了起来。

填表的困惑

当我打开New Hampshire School的资料，翻出其中的表格，仔细地看了一下，我马上就感到了这又是一项艰巨的工作。申请表材料大致分为2个部分，由我填写的和由其他人填写的。由我填写的有申请表和个人陈述（Personal Statement）。申请表中首先要求列出最近4年的中学各科成绩，这些成绩还要求有学校出具的有效证明。其后是需要回答的一系列问题，诸如"在所学的课程中，你最喜欢那门课？并解释原因。"和"感到最困难的课，并解释原因。"类似的问题还有涉及到所受教育的经历、课外活动等方面，均有很详细的内容及列表。而个人陈述却是一篇命题作文，要求根据招生学校的使命、责任和价值观，叙述自己计划到该校学习期间的目标，以及如何实现目标的计划。由其他人填写的表格有父母的申明，指导老师（班主任）对学生的评测表格、数学老师评测表格、英语老师评测表格等。其中均列出了许多十分细致的评价内容和栏目，从单科的学习能力分析到参与学习的努力程度的分级，从对学生个人品质的评价到推荐等级的选择，都有详尽的指标。剩下的还有一份由其他人填写的推荐信，要求填写人是对你有所了解，又不是你的家人，也不是学校里的主要任课老师或校长。而Grace Christian Academy的表格也并不少。这所有资料中最让人头疼的就是关于医疗的，种种疾病的英文名称都是生僻词汇，关于曾经某种疫苗的接种时间更是让人连想带蒙不亦乐乎。

凭着自己还算合格的英语水平，完成那些需要我自己填写的表格及内容，只要多花点时间，应该问题不大。感到会比较麻烦的是让老师填写的那些表格，因为国内高中老师的英文水平参差不齐，我只能先将班主任、数学老师的表格翻译出来，附在正式表格之后，以便他们填写。最后请老师签上名后，再装入专门的信封中。这个过程中与老师的沟通，等待老师的空闲时间等都是在学校上课期间抽空完成的。没想到的是，我原来觉得最放心的由英语老师填写的那份推荐信却最晚完成。但平时真是很不好意思反复催老师，结果就拖了很长时间。那份由"外人"填写的推荐信，我请了学校的外教来为我执笔。同时，他也是我选修课"英语演讲与辩论"的指导老师。他爽快地答应了，没用几天就交给了我。最难办的是让教务处的老师开出我的在读证明和成绩证明，因为必须是中英文对照的，我跑了许多趟才办好。最后大功告成之时，颇有成就感。在学校各个部门中奔走，着实不是易事。

每天放学回家后，我也抽出一部分时间开始填写自己需要填写的表格。许多内容，由于两国的教育体制不同，文化差异大，用中文来表述都有些似是而非，更不要说用英语了。例如在个人评价的表格中，有一项内容是对校内行为的评价，其中横向的选项有出勤、预习、作业、课堂行为和工作规范；纵向的选项是领导、贡献者、参与者、观察者和损害者。要求在这些座标区域填入相应的内容。开始做时确实有些困惑，但将工作完成之后又觉得这种新颖的分析方法其实还是挺科学的，也很有意思。又比如个人陈述的那篇命题作文中，要求以这所学校的使命、价值观和责任的内涵为背景，谈我自己申请到该学校的动机以及打算在校学习期间实现的目标，方法等。想要写好这篇文章，首先就要仔细阅读介绍学校的材料，明白它的使命、价值观和责任是什么，而后再谈自己的留学目的、目标和学习方法中与其相一致之处，这样才能与题目的要求吻合起来。填写过程中，所有的表格内容都是先在草稿上修改定稿后再往正式表上填写。我也请家长和外教进行了语言修辞等问题上的辅导和把关，帮我挑出了不少问题，修改了很多次，着实花费了不少精力。

历时一个多月后，我终于完成了所有的表格及材料的准备。至此我才明白为什么很多人申请出国时都是花几万元请中介公司来做，不为别的，就图一个方便。不过听父亲说，即使请中介，很多事情也还是要由自己来完成，例如开各种证明，让老师写推荐信等。而且自己准备更是个锻炼的过程，想到此，我很欣慰。

5月中旬，我用特快专递将这两份入学申请表及相关材料寄了出去。而自从TOEFL考试结束，高二下学期开学以来，我基本上毫无空闲顾及SAT，学校成绩的保持就已经让我殚精竭虑了，再加上申请高中，真是忙得不可开交。我开始看见了曙光。

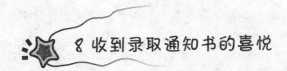

8 收到录取通知书的喜悦

在申请表寄出后的一个多月里，我时常给这两所学校的招生负责人发送邮件，关注其工作进程，并了解我被录取的可能性。在得到学校的电子邮件确认后不久，我就先后收到了他们寄来的录取通知书。录取信中的内容充满了热情洋溢之词，全家人也都非常为我高兴，毕竟前面的辛苦没有白费，得到了应有的回报。我心中的愉快也是难以掩饰，赶快与一帮好朋友分享。为此，我们还专门到外面约朋友聚了几餐。

喜悦之余，却又有着一定程度上的犹豫不决。在国内读高三还是到美国读？"既然已经都做了这么多的工作，肯定是去美国读啦，"我心想，"况且家里也曾分析过，国内的高三主要是为高考复习。而且我的SAT也基本荒废了，去美国准备想必更有优势……"虽然自己早已说服了自己无数次，但真的要走了，还是有些莫名的惆怅，另外全家在这件"大事"上也得有个决策的过程。其实从我有出国读本科的想法，到各种考试的准备，再到直接赴美读高三的念头的萌生，父母都参与其中，因此他们心里也想必早就有了准备。所以实际上这个决策过程，就是我们说服不放心我出国的爷爷的过程，让他明白和理解我就要到美国去念书了。在一次晚饭后，一家人聚在一起，比较正式的"讨论"了一次。最后爷爷看大家都这么一致，也就没提出什么不同意见。接下来要做的，就是选择学校了，我很希望能上各方面条件都十分诱人的 New Hampshire School，可是它的学费毕竟很贵，我曾尝试着给招生负责人发送邮件，询问是否有降低学费的可能，却收到了十分肯定的否决回信。权衡再三后，我最终选择了Grace Christian Academy，一是因为去美国读高三的目的主要是熟悉语言，适应环境，学校的条件优劣也就似乎没有那么重要了；二是整个学年的时间才10个月左右，花太多的钱确实不值得，而且考虑到后四年大学的大量花费，还是在高中节省一些的好……于是我给Grace Chiristian Academy寄去了确认信函，并礼貌地通知了New Hampshire School我不能前去就读。

然而，Grace Christian Academy的学费虽然低，却有个不同的条件，就是在给我寄出用于签证的I-20表之前，一定要收到我的全年学费。这又让我们犯了难，万一是个骗局，那寄出去的钱可就成了肉包子打狗——有去无回了！何况从现在到真正最后成行，走出国门，还有不少不确定的因素，比如签证，这是众所周知的最无把握的事情。于是我一方面频繁地与学校沟通，与之探讨能否采用先寄部分钱款的方式，并询问如果钱寄去了，万一没有成行是否全额退回，以及有关I-20表的情况。另一方面父亲也托在美国的朋友帮忙了解这所学校的真实情况。学校反馈的信息是：一定要全额先汇过去，这是学校的规定，不能更改。如果万一不能成行，学校会将钱退回，但要扣下一笔约1000多美元的费用，主要是用于支付办理I-20表的费用。I-20表是美国政府签证管理部门专门为去留学的外国公民发放的办理签证所用的表格，需要由接收学校向政府签证管理部门申请，并将该学生的有关个人信息进行登记，也的确可能会有一些费用。学校为了使我们更加确信，将我的I-20表的草表发了过来。而从父亲的朋友方面得到的情况是，这所学校真实存在，他还亲自向学校招生人员直接咨询过，学校每年都在招收外国学生，骗局的可能性不大。于是我们才下定决心，将全款汇了出去。可是没有几天，又出了个小插曲。银行通知说没有这个收款人，即收款人名称有误，遭到对方银行的退款。我们又赶紧与学校直接电话联系，告知情况，并说明我们是完全按照对方提供的地址和名称汇的款。学校也表示他们从未遇到过这样的事，并承诺立即到当地银行去查询。原来当地银行确实拒收过这笔汇款，因为该学校在银行登记了2个名字，原来的老名字并未注消。而银行的办事人员只看了第一个名称，没有再看第二行字就给退回了。于是银行向学校表示了道歉。学校又向我们表示了道歉，并重新提供了学校的名称。我们再次到银行办理了更新手续。好在这家国内的银行还比较有经验，未将这笔款项真正地退了回来，钱的状态属于类似于"pending"的状态，还未确认，因此只需要再给对方银行发送一次即可，也无需我们再付一笔汇费。

这样一来二去，又耗费了不少时间。待我们收到I-20表的时候已是7月中旬了，距离录取通知书上通知的开学时间只有一个月了。我也熬到了最后，且同样最重要的一个环节——签证。一旦签不过，可能就是前功尽弃。即使再转战其他国家，也需要费时、费力、费钱。听说有很多被拒签的人都就此放弃了留学之路……

没工夫考虑太多，我们马上到中信银行买了专门用于美国使馆签证的预约电话卡，按照卡上的提示，拨通了大使馆的电话。没想到这时已是签证高峰期，面签的时间约在了7月31日。距计划开学的时间只有十几天了。

9 签证过程的悲与喜

　　7月下旬我一直都在准备签证，天天在网络上穿梭于各个比较知名的留学论坛之间。感觉这段时间以来，签证的整体形式比较严峻，有关美国留学签证申请被拒的消息不绝于耳。以前有很多出国留学的人都选择了英国、加拿大或澳大利亚，就是因为美国的签证太难。尤其是在美国的9·11事件发生以后，大部分人都是被无理由的拒签。后来大概是美国当局逐渐认识到将大批留学生挡在门外，一不利于国内优秀人才来源的不断更新，二也不利于实现由此可以带来的大笔收入。便为此专门通过了一个《赖斯法案》，要求对国外留学生签证予以放松。但事实究竟如何，我却不得而知，只能认真准备了。谋事在人，成事在天。

　　我主要"潜水"的网站是"寄托天下"。所谓"寄托天下"，是根据GRE和TOEFL这两个赴美留学最重要的考试的谐音而起的名字，专门提供出国留学的相关信息，也有很多留学生在网站上介绍自己的经验和经历。从该网络上面，我看到了一些最近被拒签的事例。下载了一些签证准备工作的注意事项和必备文件的清单，并打印了所谓的签证108问，据说签证官的所有问题都出不了这108个框框，而作为学生的宗旨，就是向签证官传达"我是去学习的，没有移民倾向"这个信息。我在准备的同时，也让父母去单位和银行开具收入证明，银行存款证明等必要文件。每天晚上，我则填写签证用的那些表格。先下载草表进行填写，再将准确无误的内容输入电子版的157、158等表格，再打印出来。

其中还有个"SEVIS"表和156表是要在网上填写并提交的，而且需要当时打印出来作为面签时提供的重要文件。

随着这些硬性文件逐步准备停当，如何应对签证官的提问成为了我的准备重点。那108个问题我都根据自己的情况进行了回答，并打印出来，有时间就拿出来看看，再由父母将其中可能性大的问题挑出来专门与我进行模拟问答。师大附中七月中上旬就已经放假，我几乎是整天准备这些签证事宜。而面签的日期也很快就临近了。签证头一天，父亲还是不放心，最后在家里搞了一次模拟面签。他作为签证官向我提问，问的都是他认为比较基本的问题，我来作答。虽说是模拟，我们的态度都很严肃，并作了少量最后的改进。为了便于次日签证官提问的时候，我可以根据需要迅速找到要用的材料，我分门别类地将签证材料分别放到好几个透明塑料文件夹中，再一起放入一个手提纸袋里。在感到万事俱备后，我就给几位好朋友打了电话，约好在明天成功获签后的下午，大家一起撮一顿。

第二天上午，按照预约的时间，老爸送我到达了美国使馆。我开始排队等待工作人员叫我们那个时段签证的人员集合。不一会儿，就轮到我们这批人进场了，向武警战士出示护照后，我就随着人流进入了签证大厅。进去后是无法与外面联络的，也不让带手机入内。里面等候签证的人真不少。通过门口的安检后，大家先是排队递交材料，象I-20表、护照、156表、157表、158表、SEVIS收据和签证费收据都是需要在此时递交的。材料递交并审查完毕后，我们这些人又会拿到颜色不尽相同的卡片，持有相同颜色的人排成一队，再被分配到不同的签证窗口，先进行指纹认证，再等候签证官面谈。由于等候签证的人很多，这些过程显得非常缓慢。整个大厅挤满了人，队伍偶尔才缓缓蠕动一下……通过观察，我感觉到今天签证的情况并不乐观。排了不大一会儿，已看到前面有好几个人被拒签。被拒的人多是一脸的麻木神情，默默走过；而签过的人，则大多喜形于色，透着一股得意的情绪，有的人面部表情甚至因为喜悦到了极致，而变得有些扭曲了。真所谓几家欢喜几家愁啊！

前后排了将近三个小时，腿都站麻了，终于轮到我们这一队进行面签。眼看终于要到我了。可就在这时，却发生了意想不到的令人不愉快的一幕。排在我前面的那位男子在被拒签后，与签证官发生了争执。那位签证官随即将窗口关闭。中年男子不停地敲打窗子的玻璃，口中大声叫道："Why? Why?"里面的签证官又将窗帘拉上。不一会儿来了2个保安将中年男子请了出去。之后又等了一会儿，那位签证官才又打开窗子。我心想，签证官的情绪不好该不会影响我的签证吧？这时，我才看清此人是一位剃和尚头，戴眼镜留胡子的棕黑发白人男性。他示意我过去，我就按照我预先想好的方式，微笑着与他打了招呼：

I: Good afternoon sir.

我：先生，下午好！

Visa Officer: Good afternoon. How are you?

签证官：下午好！你好吗？

I: Fine. Thank you. And you?

我：谢谢！很好！

Visa Officer: Fine. How old are you?

签证官：你多大？

I: I'm 17 years old.

我：17岁。

Visa Officer:!@#$%^

签证官：（没听清）

I: Pardon?

我：你说什么？

Visa Officer: Did you travel outside your country before?

签证官：你以前出过国么？

I: No.

我：没有

Visa Officer: So why do you want to study in America?

签证官：那么你为什么想去美国学习呢？

I: You know in the last year in high school in China, students will review what they've studied before and there is almost no new lesson. So I don't want to waste one year to study nothing new. On the other hand, I want to apply some western universities. So I want to study in an American high school first to practice my spoken English and adapt to the new environment.

我：因为中国高三基本都是总复习，没有新知识了；而且我想申请国外的大学。所以我希望先在美国高中进行学习，适应语言和学习环境。

Visa Officer: Which university do you want to enter?

签证官：你想去什么大学？

I: MIT in USA is my dream，and at least I want to go to Waterloop University in Canada.

我：能去麻省理工学院是我的梦想，不过至少，也希望能去加拿大的滑铁卢大学

Visa Officer: !@#$%

签证官：（继续不知所云）

I: Pardon?

我：你说什么？

Visa Officer: I want to see your high school grades.

签证官：我想看看你的高中成绩。

I: OK, wait a moment.

我：没问题，我一边说一边拿出师大附中的成绩单递给签证官。

Visa Officer就扫了一眼，我又说"Do you want to see my grade in middle school?"（你要不要也看看我的初中成绩？），结果还没说完他就把成绩单扔出来了。

I: Do you want to see my admission letter?

（他在那打字，然后抽出了张白纸）

我赶紧补充："你要不要看看我的录取通知书？"

Visa Officer: Sorry. I can not issue you the visa.

签证官：对不起，我不能给你签证

I: Why?

我：为什么？（我大失所望）

Visa Officer: You'll find it on the paper.

签证官：你会在这张纸上找到原因……

攥住那张破纸，我才真正意识到自己被拒签了。真是当头一棒！知道再说任何的语言都无济于事，我整理好文件就跌跌撞撞的走出了签证大厅，只觉得万念俱灰一般，浑身发软。那种煎熬的痛苦感觉，只有被拒签过的人能体会……而纸上标明的所谓原因，就是臭名昭著的"214-B条款"，即所谓的有移民倾向的拒签条款,荒谬之极……

来到外面，我一脸木然地找到父亲，发现母亲也与他在一起等我。"被拒了！"我几乎没有什么语气地说道。"我们在外面看到，今天有好多都被拒了。可能是到了月底，他们内部有指标控制。我们回去再商量吧，再签一次！"父亲怕我难过，试图先宽宽我的心。其实我心里很清楚，如果二签再被拒，我就基本与美国无缘了，不仅我前面所做的许多努力都会白费，高中出国的计划会泡汤，还有可能会殃及我的本科留学计划！一路上，我除了大致介绍了一下当时被拒的过程，没再说一句话。母亲在路上也安慰我说，"只能说咱们今天运气不好，碰上了个吵架的，肯定影响了签证官的情绪，我们却受了连累。"老爸边开车边说道："美国的移民管理政策是先假定每个申请签证的人都有移民倾向，只要签证官认为你未能打消他的顾虑，就可以拒签。说白了，就是不需要理由就可以拒签。因此我们也没必要为此而垂头丧气，平常心对待，回家好好商量一下。"在车上我也赶快给同学发了短信，通知他们取消了原定的晚餐。老妈也通知了航空售票处，取消了原订的8月11日的机票。

回到家里，我也感觉到大家心里都很不舒服，因为之前也为之付

出了不少，尤其是父亲，虽然他表面上还挺平静的。我赶快打开电脑，上了"寄托天下"网站，发了个帖子，叙述了我今天签证遭拒的过程，看看是否在网上有哪位大师能帮我分析一下原因。晚饭过后，大家坐到了一起，商量下一步怎么办。老妈首先提议要尽快找一家最好的留学中介公司，请人家专家帮忙做二签的准备。她认为人家天天做这个行业，应该什么情况都见到过。该花的钱这时候就应该花，好钢要用在刀刃上！大家也都认为应该这么办。睡觉之前，我也将这件事用邮件通知了Grace Christian Academy。

次日早饭后，我和父母一起去了一家在京城名气很大的留学中介咨询公司。由于我妈以前曾来过这家公司，我们很快就找到了公司美国部的负责人。了解了我们的来意，并仔细看过我们原来所准备的材料后，这位负责人表示我的第二次签证不应该有问题（但谁也不敢保证让你拿到签证），并答应为我们派一位有经验的工作人员做二签之前的培训。接着就拿出了一份合同，其中标价2万元（二签价格，首签为1.5万）。经老妈与其商量后，对方同意给予优惠，降到了1.5万，于是我们就当场签定了合同。接着那位资深工作人员就开始了与我们的合作。看到开学时间已经临近，他就替我向大使馆申请了一个加急面签的预约，并为我安排了近几天要做的几件事情。之后我就留下来与这位先生一起重新填表，并准备有关的问题答案。

晚上回家后，接到了中介公司的通知，说第二次面签的时间约在了8月7日。当晚我在网上也看到有人给我回了帖子，普遍认为我当时回答的"麻省理工"不妥，给人的感觉太随意了。另外，我也收到了Grace

Christian Academy的回信，学校表现得非常配合。说会尽快给我出具一封支持函，让我交给签证官，并为我的二次签证出主意，告诉我一定要说去美国的目的就只有学习英语等等，而且，他们对那些签证官的评价也非常糟糕。

通过几天来与那位资深培训老师的模拟签证练习，以及仔细琢磨网上的好心人给我的回帖，我理解到对签证官问题的回答一定要准确，要有针对性。如果我那天确实有问题的话，可能就出在这里吧。当然，签证官的情绪无法把握，很多人什么问题都没问就通过了签证，也有一些人却被多次无理拒签，也许其中与各人的运气有关。但自己将准备工作做得好些仍然是非常重要的，而且通常负责二次面谈的签证官不会象一签时那么随意。这样一想，我似乎又有了信心。

8月7日，我又一次站到了美国大使馆签证官面前。我们这一队人所面对的是一位比较年轻的亚裔女签证官，看起来比较和蔼。排在第一位的一个男生被拒了，但是站在第二位的女生却过了，第三位也是高二的男生又被拒了，轮到我了，在刚才的转瞬间，我的内心似乎已经轮回了好几次春夏秋冬，于是当下快速气运丹田，稳定住情绪，嘴角挂上已经练习多次的模式化微笑走向了签证官。

正常的招呼过后，她率先发问，"为什么要去美国？"

"学习，学习英语，学习文化。"我平静地回答道。

"那为什么选择这所学校？"

"这所学校招收国际学生多年，有对国际学生的教学经验，所以我选择了它。"边说着，我就将学校给我的支持函拿出来给她看。

之后她开始对着身旁的电脑打字，并且漫不经心地要我出示家庭的财产证明。扫了一眼后，她继续打字，我却如坐针毡，一时间想不出该说什么。

"OK！你通过了！"说罢她便递给我一张小绿条，我知道那是领取签证的凭据。

我过了！心中狂喜，我表面上却故作镇静，保持着绅士的笑容对签证官说道："Thank you very much!"整理好文件，就大步走出了签证大厅。出来后老爸老妈看到我高兴的神色，便明白了过来，也为我来之不易的获签感到由衷的高兴。

当天，我们就买好了去美国的机票，出发日期是8月14日，开学的日子是15日。回到家里，前几天被拒签后的不快气氛也已荡然无存。之后的几天，都在收拾行李和与同学朋友的聚会中飞快地度过。

10 跨出国门

签证下来到踏上彼岸只有5天时间做准备，长期以来绷紧的神经松弛下来了，但工作的日程却依然紧锣密鼓，还有许多不可或缺而又碎屑的琐事必须准备。

签证完后的第二天，我就到位于和平里附近的一家专门从事国际旅行体检的医院进行体检，并拿到了健康检疫证明，其中包括免疫记录证明（这是美国中学明确需要的。如果缺项，到那里后学校会强制性地给你接种疫苗等，收费则比国内要贵得多）。而行李的准备也费神费力，衣服、各种日常用品、学习用品都要照顾到，有时候装好的箱子因为要添加某个物品，又必须重新整理。好在我的机票买的是美联航的，新入学的学生可以免费多带一件行李，这样一来我就可以带三个大箱子，只是每件不能超过23公斤，否则另行收费。另外，由于航空公司通常按旅客飞行的里程多少，给予老客户以一定奖励，比如免费的国内城际之间的机票等，我就顺便在网上申请了美联航的积分卡，虽然这个卡寄到家里还需要很长时间，但我已经得到了属于我的卡号，登机时用这个卡号就可能得到这次飞行的里程奖励积分……至于钱，我和父母商量后决定，我到美国开户后，再给我汇款。老妈一定要放800美圆在我身上零用。他们还专门为我办了张信用卡，用于平常的花费。

　　在国内的最后几天，我给自己的日程排得非常紧。除了与班主任老师告别外，还抽时间分别与最好的几个初中和高中死党聚了聚。但还是很遗憾有许多同学都没来得及聚一下，只能群发短信通知了。和兄弟们分别时，好多挚交都流泪了，我也感到了男生间友谊的珍贵，大家的问候和祝福也都显得沉甸甸的，一种难以名状的感动充斥心间，一切尽在不言中……8月14日转眼就来到了。我们家早早就吃过了午饭，中午时分就要出发去机场。我临出门前，来到爷爷的房间与他告别，爷爷已经88岁高龄，想到我平时对爷爷不够孝顺，不由得愧疚万分，若再见面也是一年之后了。我情不自禁得给他老人家磕了个头。爷爷对于我这出乎意料的举动显得一时有些手足无措，赶紧扶我起来，并叮嘱我到了美国一定要好好学习，注意身体。"我一定会记住您的话！"说罢，我便转身出了家门。

一路上爸妈都在交代旅途中要注意的事情，"记住办理登机手续时的2件事，一是托运行李时，一定要告诉人家将行李的到达地点写成查尔斯顿，否则有可能给你卸在了华盛顿；二是出示你的积分卡。"，"在华盛顿入境后，找到下一航班的登机地点，如有时间一定给学校去接你的人打个电话，告诉她航班正常。如还有时间就再给我们打一个"……按照我的飞行日程安排，我需要在华盛顿转机，而转机的时间只有2个小时，其中还包括了办理入境手续的时间。这是父母最担心的一个环节，因为一般的国际航班转机时间通常安排在至少3-4小时为好。到了机场，先是过海关。按照规定超过5000元人民币的物品应该申报登记，我的那个笔记本电脑应属此范围，我就按例填好了申报单。到进入海关的通道口，送行的人就不得进入了。爸妈交代我进去托运完行李后，从旁边的通道可以出来，他们在外面等我。推着行李进去后，我将申报单交给海关人员，并拿出电脑。那位关员连看都没有看我的电脑一眼，就放行了。我按照航班号找到了办理登机手续的柜台。大约排了20多分钟就轮到我了。把事先记好的事项，都一一办妥，并拿了登机牌。此时一看时间还早，我就从海关旁边的一个通道走了出来。与父母会合后，到地下一层的麦当劳点了些东西，我们边喝饮料边聊了起来。半个小时的时间，转瞬即逝，我要去登机了。分别时分，父母又再三交代我转机时要注意的事项，我默默地听着，和他们一一拥抱，望着父亲的微笑，母亲的眼泪，我真切地感到了父母那种无言却超越一切的爱。忍住眼泪，我一步三回头，但最终还是和父母消失在彼此的视线中……

　　过了安检，又过了出境关口，期间虽然人多需要排队，但还是很顺利的就通过了。利用登机前的这段时间，我又给很多之前来不及道别的朋友和老师发了短信。一会儿便收到了许多回信，多是感到突然，说以前只知道我有出国的打算，但没想到会这么快。这时广播里通知开始登机，人们又排起了长队，我赶紧给老爸的手机发了最后一条短信，"一切顺利，马上登机！"

　　登上这趟国际航班，我很快找到了自己在网上事先选好的座位，落座后，一个中年女士也带着2个孩子提着行李走了过来，并示意他们的座位就在我旁边。我赶紧起身，帮她把行李一一放到行李舱内，并在他们落座后，才坐上自己的座位。女士对我表示感谢，并问我是否去美国读书。我告诉她我是去读高三，第一次出国，到华盛顿转机时还请她给指点一下。她满口答应。这样一来，我的担心又少了许多。一路上我既兴奋，又紧张，十多个小时的飞行居然也没有睡意。看了几部电影，就到了华盛顿。

　　落地后，我就随着这位女士排队入境。入境官员看过我的护照、签证和录取通知书后只问了我一句，"是来读书的吗？""是的，去南卡罗来那的Grace Christian Academy。"我答道。"希望你好好学习！"他微笑道，就将我的证件和录取通知书还给了我。入境后，每个转机的乘客还需要将自己的托运行李从一个地方领出来，再送到另一个地方，2个地方相距并不远。送完托运行李，我就赶紧沿着那个通道按照图标的指引，往另一个候机楼急速走去。大约十几分钟后，我找到了地方。办完登机牌时，旅客们已准备开始登机。我抓紧时间给负责招生并接待国际学生的Debbie女士通了电话。她听到我能准时到达，非常高兴，并表示一定会在查尔斯顿机场等着我。接着我又给家里拨了一个电话，当时应该是北京的凌晨4点多钟，父母肯定是从梦中惊醒的，不过听到我一切顺利时，他们非常高兴。

登上了这架属于庞巴迪公司的小型客机后，我这颗一直悬着的心才算落实下来。尽管这段航程只有2个小时左右，我却睡得很香……新生活，即将开始！

第二章

崭新的开始

1 新的开端

　　2007年8月14日夜，我只身飞抵位于南卡罗来纳州的查尔斯顿机场，正式开始了为期10个月的美国高三留学生活。

　　查尔斯顿机场不大。我推着行李，出了"到达旅客"出口，就看到一位中年的金发女士向我走来，正是国际学生管理员Debbie。一见面她就叫我的名字，我也热情地与她招呼。我们一边交谈一边步出机场。她的丈夫Michael驾车来接我们，车上还有他们夫妇俩的爱犬Jessie。由于从机场出来时已是夜里，Debbie夫妇就直接将我带到了他们家，当晚我就借宿在他们位于查尔斯顿的家中。就在他们安排我洗过澡后，老爸也从北京将电话打到了Debbie家中。得知我已安全顺利地到达，他非常高兴，向Debbie夫妇表示了感谢，并和我直接通了话。次日一早，Debbie就带我去制服店买了校服，午饭后，我们来到了格雷思学校（Grace Christian Academy）。

这所我即将就读并生活的学校位于查尔斯顿旁边的小城市Ladson，是一所私立的基督教学校。学校很小，师生总人数从小学到高中只有200人左右。Debbie把我带到校长办公室，校长热情地接待了我，并给了我这半年的课程安排，每天从早到晚的课程安排大致分别是美国政府（American Government）（这门课的内容是介绍美国政府的机构组织和职能），统计学基础（Elementary Statistics），英国文学（British Literature），圣经（Understanding Times），健康学（Health）和美国历史（U.S. History）。我称呼校长为"Pastor Wade（韦德牧师）"，因为他既是校长，又是一名牧师，平时校内的宗教活动都由他主持。攀谈过后，我信步在校园内，这所学校只有一栋主楼，分为两层，内含四间小学教室和一间圣经及英语教室。主楼连接着教堂和食堂。操场周围有三间独立的教室，另有一栋两层楼的洋房，二层算是国际学生的宿舍，一层是学校的咖啡厅、数学和英语教室。该楼另一侧面对着78号高速公路，学校旁边还有许多草场，高速公路对面则是一个军工厂。

这时校长和Debbie也从主楼走了出来，引我来到宿舍，由于刚开学不久，许多学生都还没有来，只有3个韩国学生，我和其中的Tae同住一个房间，Josh和Bobby目前各住一间双人房，另外还空有一间3人房。Tae还有到中国留学的经历，曾经在天津学过2年中文。有一个接待家庭负责照顾我们所有在校的国际学生。他们的房子就挨着我们的住所。据说另外会有一部分国际生住在其他的接待家庭。在Debbie的介绍下，男主人Terry和女主人Gloria也十分友好的和我会了面，他们就是我们住在学校内的国际学生的接待家长（Host Parents）。

当天是周四，他们问我是否要等到下周一再上课，好让我有时间调整生物钟，其时刚刚开学，我怕耽误课程，坚持第二天就上课，他们也为我的决定而感到高兴，希望我能尽快融入他们的生活。

收拾完行李已经到了饭点，晚饭是热狗，由于这是教会学校，校长和我的接待家长，甚至众多其他师生都是基督徒，都有饭前祷告的习惯。入乡随俗，我也同他们一起感谢上帝赐予我们食物。

饭罢，我整理好明天要用的东西，向早来的韩国学生了解了一些学校的基本情况，就洗漱睡觉了。校长为了充当起临时监护人的职责，这几天住在还空着的这个3人间里，陪同我们。

带着对未来生活的憧憬与些许不安，我进入了梦乡。

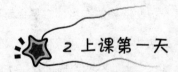

2 上课第一天

第二天一大早，我穿好校服就直奔103号教室了，就是那三间独立教室之一，也是我的主教室（Homeroom）。这间教室的主管老师Mr. Coaxum则是我和其他12年级学生的homeroom teacher，相当于班主任。进入教室，班里的人似乎还未到齐，我带着些许窘迫，和老师打了招呼，顺便向在座的同学们扫视了一遍，却竟然一时不知如何开口。

Mr.Coaxum先和我握手，欢迎我来到这所学校，略微尴尬的气氛登时化解。之后他带我到教室后面领取第一节课的书。所有12年级生，也就是Senior的第一节课就是这American Government，即"美国政府"，老师又给了我一本Agenda，相当于记事本。第一横排是日期，第一纵行是课程，学生按相应日期和课程将科目作业写到对应的格子里，课后让老师签字。另外他又吩咐我准备一个大活页夹以及两个文件夹。活页纸用来写作业和记笔记，文件夹则要交给他保管我们的今后的各种试卷。安排妥当后，Mr. C让大家自行阅读，我也借机认识了一下周围的同学。我们毕业班有Jadon、Troy、Jordon、Josh、Ralf以及两个韩国学生Nate和Juno。女生只有三人，墨西哥裔美女Yadi，黑美眉Vanessa，和Jordan。大家都很热情。第一堂课主要是自习，55分钟很快就过去了，下课后大家找老师签了Agenda就去各自的Locker换书了（Locker就是美国电影中常见的带有自动锁的书箱）。校长带着我找了一个Locker，位于主楼，放完书后我就来到数学教室。

数学老师是来自保加利亚的Ms. Gamakova，数学书是硬皮的统计学基础（Elementary Statistics），又大又厚，我大致翻了翻，最开始是数列，往后就类似大学的统计课程了。Ms. G授课思路还算清晰，再加上最初的课程较简单，我也就很快适应了，虽说她的保加利亚英语很难懂，不过当有问题的时候，她还是非常耐心的解答。不过这书却只能看不能写，据说所有的硬皮课本，学年终都要还回学校，因此数学课我们只能另找纸张记笔记了。

第三节是英国文学课，每人除了正式课本外，还有一本语法练习册，一本词汇练习册，和一本语法书。授课老师Ms. Heidi时尚健谈，既是校长的女儿，又是Jadon的妈妈。她的小儿子Cameron也在这所学校。英国文学最初几章是诗歌，晦涩难懂，就连美国本土学生也像是在云里雾里一般。Ms.Heidi带着大家读了几篇短诗，就布置了作业，剩下的时间大家可以随便聊天。这时我便体会到了美国式课堂的自由风格。从他们的交谈中我也得知，校长夫人Ms.Joy便是副校长，而校长的儿子也在这所学校读书，其中大儿子Justin刚刚毕业，而小儿子Nathan则就读于11年级。Ms.Heidi 的丈夫是学校篮球队的教练。我才恍然大悟，这所学校原来好似一个家族学校一般，感觉既新鲜，又有些奇怪。不过这里的老师同学都很友好，我也就放宽了心。

第四节课是圣经（Understanding Times），虽然在圣经教室开课，但其实并不算是圣经课，我认为更应该归为哲学课的范畴。课本也有一本大硬皮书和相应尺寸的大练习册。书中的内容分为宗教，法律，哲学，生物学，社会学等十余章节，每一章都从基督教，伊斯兰教，马克思列宁主义，无神论人类学，宇宙人类学，后现代主义等不同的世界观或宗教信仰来分析该章节的内容。此后从这门课中，我也真正开始在学术层面上了解了不同的世界观，获益匪浅。

上午四节课后就是午饭时间了。午餐时，所有人可以到学校食堂或者咖啡厅进餐，食堂用餐需要买餐票，午餐每天都不同；而在咖啡厅所有东西都是直接进行现金交易，想吃什么就买什么。毕业年级的学生（Senior）还享有特权，中午可以去学校周围的快餐店吃饭。

下午第一节课1：30开始，是健康课。我和一群9年级的学生学习初

级的生物生理知识（根据每个国际学生的所学课程背景情况，学校会有针对性地为你安排一些非12年级课程）。上课地点还是103教室，老师也还是Mr.C。这节课比较轻松，都是些基本的知识，只是许多生僻的器官，疾病单词颇费人脑筋。

最后一节课是美国历史，地点和老师依然是103和Mr.C。而这也是我最伤脑筋的一节课。和我一起学习的全是Junior，也就是11年级生。我由于是国际学生，且没有事先自己选课，便被强制安排了这节课，而其他的国际学生基本都事先选了别的课程。厚厚的大课本记录着从英国殖民北美大陆开始一直到现代美国的历史，数不清的人名地名令人头痛。这节课对美国学生来讲也算是最难的课程之一。除了课程本身的难度，这节课还有无数冗繁的笔记要做，真是累煞人也。

下午2：30就放学了，一天忙碌的学习生活总算告一段落。然而各科的作业还需要大量时间的投入来完成。

3 宿舍生活

大部分国际学生都住在学校的宿舍，说是宿舍，其实是一座两层楼的洋房。之前提过一层是学校的咖啡厅，数学以及英语教室。二层则是我们的天地了。这一层共有三间双人房，一间三人房，三个卫生间中的一个甚至还配备有桑拿室！一个大厨房和客厅，客厅里还有钢琴，电视，以及无线网络装置等，保障和丰富了大家的生活。

每天的早餐大家在厨房自助，有面包，牛奶，果酱，和Cereal，就是那种谷物制成的泡在牛奶中食用的类似小型饼干的食品。我早餐通常用烤面包机烤两片面包，再喝一碗加了Cereal的牛奶。午餐在校进餐，而晚餐通常是接待家庭（Host Family）的妈妈，或者校长亲自给我们下厨。经过饭前祈祷后，大家再共享晚餐。我们的Host Family和校长时不时地会给我们补充一些水果，零食，往往都是被大家风卷残云般地解决掉。平时为了解嘴馋，大家都去附近的超市"Piggly Wiggly" "FRED'S"买零食。至于饮用水，美国的自来水都是可以直接喝的。有的人渴了甚至直接喝冰箱里的牛奶。我则常去沃尔玛买箱装的纯净水喝，一箱24瓶，只要二三个dollar。

我们一起住校的国际学生陆陆续续又来了不少，有一大半都是韩国人，Bobby, Tae, Oh, Jinwoo, Woo，剩下一半就是中国学生Frank, Henry, Hunter，唯一的非亚洲国际学生是来自波兰的Wojciech。这些人大多数在赴美前还未曾有过独立生活的经验，自理能力实在有待提高，脏衣服臭袜子随处可见，洗碗槽永远堆满了未洗的碗碟，就连洗衣房里的洗衣机和烘干机里都总是有洗完了却无人认领的衣物。这对于略有洁癖的我来说，实在是一大折磨，校长对此也是忍无可忍。他从学生当初的申请资料中得知，我初中住校三年，既是班长，又是宿舍长，因此要我管理宿舍。于是我召开会议，分配了值日任务，一周七天，每天都有人负责倒垃圾，洗碗。其实都是些举手之劳，但我还是以身作则，教他们如何使用洗碗机，如何正确的把垃圾袋和垃圾桶之间的空气挤出去，好让袋子得到最大限度的利用，并告诉他们把袋子扔进楼下的大垃圾箱后务必要关好其铁窗。从头到尾指导了种种细节，总算是带头完成了第一天的任务。其后的宿舍卫生问题总算是过得去了，但有人的房间实在太脏，除了提醒，我也无法可施。

平时放学后，我们就在操场上打篮球，或者一起玩电脑，看电视。到了周末，除了每周日雷打不动的教堂活动，就是乘坐学校巴士去商场和查尔斯顿（Charleston）的市中心购物，或者去附近的电影院看电影。管理国际学生的Debbie时常还会带我们去参观一些名胜，出席一些活动。因此大家业余时间的安排很充实。只可惜我们的校巴是中号的，属于Short Bus，在美国的公立学校，Short Bus往往用来拉载那些不能和同学正常相处的问题学生。南卡罗来那的亚裔又少，每到周末，我们这些国际生坐在Short Bus中，不免要引来许多路人惊异的目光。

4 搬家

今天是9月3号周一，美国的劳动节，全美休假一天。算起来，距开学已两周有余，我和同学们也都已熟识，课程和规章制度等也了然于胸。国际学生们前前后后也基本到齐了，大家每天一起吃住，关系倒也融洽，只是互相的某些生活习惯，总不免令他人稍感不适。

和我同屋的Tae总是不洗澡，而且晚上打鼾奇响，搞得我有时不得不播放Linkin Park的摇滚音乐与之抗衡。对门的Frank则总是埋怨Josh乱扔东西，脏衣服，臭袜子到处丢。走廊尽头的3人间里，Wojciech，Henry

和Oh也是小摩擦不断，Wojciech怪Henry不卫生，Oh则谴责Wojciech不锁门，给财产安全带来威胁。而挨着客厅和厨房的卧室中，Leilei和Bobby更是常常让蟑螂出没。这种生活如果持续下去，我实在是难以忍受。

校长为了监护我们，决定住在学校，但由于二楼都供给了国际学生，他又开放了一间独立的单层洋房，并邀请我搬过去，因为他也对楼上的卫生状况无可奈何，打算放弃二楼，让那些学生"自生自灭"，绝不想让新居也被糟蹋。我当然举双手赞成，到了这所新房子，才知道这是校长一家的故居。他们一家人随着学校规模的扩大以及国际学生数量的增多，从二楼搬到了这里，又从这里搬到了Summervile的"度假屋"（Holiday House），结果现在把Holiday House借给Juno等学生和他们的接待家庭，而他们一家又在Summervile买了新房子。这套房子一进门就是厨房和餐厅，校长的卧室就挨着餐厅，往里走是客厅，客厅一侧是一间独立单人卧室，另一侧是两间双人房，和卫生间，厨房边的洗衣房也是卫生间。

我本来希望能和美国人同住以锻炼语言，但既然都是国际学生，倒不如退而求其次享受独立空间，因此选了一间独立的单人房，在这里我有自己的衣柜，书柜和书桌。因为我第一个搬来，校长还本着"先到先得"的原则，把这几间学生卧室中唯一的台灯给了我！

Oh因为也很讲个人卫生，因此也被校长邀请了过来，至于剩下的3个床位，校长说要留给即将到来的韩国学生Woo，Boo和来自中国南京的Hunter。等人到齐后，每天晚饭我们就不用上楼吃，到时候他将亲自为我们烹饪，而我们的Host Family则负责2楼的伙食。校长的厨艺高超，开学以来，大家人所共知，因此我也很兴奋，期待着新学生的到来。

之后，我和Oh逐渐把个人的行李往新房子搬，至于家具则都是现成的，无需操心。校长则和Ms. Gloria一起上楼重新安排了值日。我这一搬家，也把管理楼上值日的担子交给了Host Family。

从此，校长在工作日都和我们住在一起，而我也非常喜爱我的新天地。在自己一个人的单人卧室中，学习效率很高，也不影响和他人的交流。几乎每晚临睡前，我们住在新房子里的学生和校长都会谈天说地，校长对中国文化也很感兴趣，我们的交流也都很愉快。课余时间，我也经常和住在楼上的国际学生们互相串门，一起打球娱乐，其乐融融，只不过楼上的卫生状况似乎更加恶化了。

5 国际学生聚会

近一个月来的学习颇为紧张，几乎每天都有测验（Quiz）和测试（Test）。Quiz分为三种，一种是Pop Quiz，就是随机的知识抽查，另一种是Reading Quiz，就是根据头一天布置的阅读任务进行的测验，而最后一种则是正式的测验，根据章节来考。除了Quiz就是Test了，也就是大考试，在评测成绩时，Test占的比重最大。平时还有许多额外的机会可以得到分数，比如上映一些史诗电影，如"Elizabeth：The Golden Age"（伊丽莎白女王：黄金年代），"Beowalf"（贝奥武夫）等，凭电影票根，可以去Ms.Heidi那里得到一个相当于英国文学课的Quiz满分成绩的额外分数。而每次正式的考试，也就是Test的前一天，一些科目的任课老师还会把学生分为两组，根据考试相关内容答题，哪组答对的多，可以在考试中得到3至10分的加分。还有一些课程，学生会得到Study Guide也就是考试提纲，为准备过程提供了许多便利。

到了周末总算有放松的机会了，周六下午一点，Debbie联系了州警以及附近区域的国际学生，开办了一个国际学生的聚会。最开始人们都在学校食堂集合进行简单的聚餐，过道处摆放着许多菜肴，都是由在座的国际学生烹饪的。这里除了格雷思学校（Grace Christian Academy）的国际生，还有来自查尔斯顿周边城市不同学校的中国学生，日本学生，印尼学生和欧洲的留学生。

首先由一位中国女生介绍她做的肉丸，之后是日本学生介绍寿司，然后两个欧洲的女生简述了一下她们意大利面的烹调方法。之后大家就开始自助进餐了，饮料等都放在食物旁边，Ms. Gloria还烘焙了饼干作点心。

互相交流中，我得知，原来那个中国女生也是这学期刚到美国，现在Georgetown的一所公立高中就读。而一位名叫Ane，长相酷似《公主日记》主演"Anne Hathaway"的挪威美女则来自Summervile的一所高中。这里的人几乎都来自不同的教育交流组织，有的是为期一到两年的交换生，也有的和我一样，是为了读美国大学而到此留学。

饭罢，所有人转移到学校教堂就坐，听Debbie的丈夫Michael给我们讲国际学生需要注意的事宜。告诫我们，想要学好英语，就不要使用母语，还比喻"说一句母语的损失，要说十句英语才能弥补"。另外他还告诉思乡的学生，要学会放松自己，购物就是一种极佳的放松方法。

而且shopping并不意味着就一定要花钱，四处走走看看，试穿衣服，都能给人带来愉悦。

Michael讲完，轮到了一名州警，他给我们讲了许多法律条款，让我们一定要远离毒品，酒精和性。在美国大多数州，包括我们所在的南卡罗来纳，18岁以上才能吸烟，21岁以上才能喝酒，对于大多数都是未成年人的国际学生来说，这些都是禁止的，毒品更是绝对不行。另外给未成年人传播淫秽信息以及与16岁以下的异性发生性关系也是犯法。而国际学生一旦触犯了法律，会立即被遣送回国，甚至关进监狱。

警示过后，或许是为了缓解气氛，Debbie带领大家去查尔斯顿的一家保龄球馆放松。我们一大批人开了6个球道，我的手气还不错，打了300多分，而Wojciech和Rocky真人不露相，分数都接近400，让我们大开眼界。玩累了就到馆内的快餐店买些饮料和食品，坐在一起聊天，十分惬意。大家虽然来自不同的国度，学校，但玩得都很开心，许多人还互相留了联系方式。

最后Mr.Terry把我们Grace的学生接回家，Debbie则送走了其他的国际生，一天的活动告一段落。

6 篮球队

9月中旬,学校的篮球队开始组队了,分为JV，即Junior Varsity，相当于初中队，和Varsity,即高中队。参加者既有本土学生，又有不少国际学生。主教练是同学Jodon的父亲，即英语老师Ms.Heidi的丈夫，我们都称其为"Big Jadon"，或者"Coach（教练）"。Mr.Coaxum和Ms. Brenna是副教练，主要负责JV。

训练时间是每周的周一，周二，周四放学后。第一次训练实质上就是选拔，大家先分组进行各种素质训练如高抬腿，迈弓步，往返跑等，之后是运球，变向的考察。所有过程过后，基本选定了我，Rocky，Frank，Wojciech，和Oh作为Varsity替补，而之前就是队员的Troy，Jadon，Nate以及11年级生Josh，RJ和Jadon的弟弟Cameron则是主力队员。剩下的许多低年级学生则组成了Junior Varsity Team。之后教练简述了篮球队的规章制度，并规划了这一学年篮球队的活动安排。

从此大家每周一在学校做体能训练，围着学校旁边周长1.5英里的草场跑圈，之后在学校的篮球场上进行身体素质的锻炼，最后分组练习战术。而周二和周四，所有队员都坐校车到附近的篮球馆进行实战训练，分组比赛。每次训练完，大家都要把手叠在一起，高喊校队的口号"Rams（公羊，也是校队的吉祥物）！"而球队的装备也在10月之前都到齐了。所有队员人手一件篮球背心，一件T恤，一条球裤，以及一套冬季运动服。衣服的颜色都是Grace Christian Academy的校色——绿色，还有水壶，背包，以及Converse的队鞋。衣服背后和每人的专属水壶上都印有我们在球队中的号码，衣服前面则印有公羊的图案。我校上一届的篮球队，以校友John，LJ以及Josh的表哥为核心，令我们这个小教会学校在本区域所向披靡，赛季末得到了区域亚军的殊荣。如今穿着曾经洒满荣誉光彩的队服，大家都自信满满，也训练得很刻苦，对10月份开始的联赛充满期待。

　　然而现实往往是残酷的，今年的情况很不乐观。组队没多久，我们的主力中锋Troy因为成为了消防员，退出了篮球队，而堪称我们Super Star，长相酷似NBA火箭队当家球星麦迪的Josh则因为成绩问题，被父母禁止打篮球。算来，他连球队的训练也只参加了一二次。因此，我们的阵容只能被迫作出调整，原来的小前锋Nate充当中锋，小个子的Cameron当控球后卫，而原本擅长突破的得分后卫RJ则要充当小前锋的角色。再加上Jadon本身的技术不佳，我们这些打Varsity的国际学生"海拔"不够高，校篮球队成了一支不折不扣的弱旅。在10月开始的与本区域学校的联赛中，我们屡战屡败，最开始，大家还能够打出意志品质，到后来几乎是抢着当替补……队服、队鞋等装备似乎都成了大家的累赘，每次战败而归的漫漫路程，更是心灵的负担。Varsity的战绩终究一蹶不振，再也没能翻盘。"Rams"的口号从未响彻球场。有时客场比赛，还会看到篮球馆中对方学校张贴的讽刺我们的海报，如"Shave those Rams"（把那些公羊的毛剃光）等，令人哭笑不得。想来在GCA读书的这一年，我们高中队一场球都没赢过。不过JV偶尔却还能带来些惊喜，算是不幸中的万幸。

　　尽管这一年的篮球队征战充满了无奈与辛酸，我却也有不少收获，意识到篮球比赛中战术的重要，在打全场的时候，街头篮球在半场内单打独斗的球风只能带来失败。面对各种各样的战术配合，一切花哨动作都显得十分苍白。也正是这点注定了我校败北的命运，RJ等人，虽然是街球高手，在正式比赛中却无用武之地。 不过我这一年通过训练也在球技上有很大的进步，投篮和运球都大有提高。算是不枉了。

7 学校的活动和制度

一天的劳累过后，美国本土学生通常都直接开车结伴离开，也有的在操场打篮球，等待家长。国际学生则基本都回到宿舍修整。

除了学习，宗教活动也是我们这所教会学校必不可少的日常环节。每周三，周五，和周日我们都被要求去教堂礼拜。周三晚上是青年组活动（Youth Group），许多在校生也会参加，都是年轻人，除了唱歌赞美上帝以外还会做一些游戏，通常还会有一些青年积极分子（Youth Leader）进行演讲宣传教义。周五的教堂活动则取代了当天早上的第一节课，所有师生聚在教堂里，既总结一周的生活，也会作礼拜。算是一种校会了。周日则是纯粹的礼拜，我们校长是一位在该地区颇有名气的牧师，每周日的教堂活动都会由他主持，许多远近的住户也都会来。我们的教堂是基督教教堂（Christian Church），与我印象中姿态雄伟，气势磅礴的尖顶大教堂完全不同。询问校长后，我才明白那些著名的大教堂都是Catholic Church，也就是天主教堂。基督教堂更注重内容，而不是形式。另外基督教和天主教还在教义上有分歧。依照圣经的观点，耶稣为世人而死，因此每个人都是生来有罪的，也就是所谓原罪。基督教认为只有人们相信耶稣，才能够洗脱身上的罪孽从而死后升入天堂，人们只有以耶稣的名义祈祷，上帝才听得见。而天主教则认为，圣母玛丽亚才是关键。电影中常见的罪人去向神父忏悔的情节也都是在天主教堂，基督教不承认向牧师忏悔能洗脱罪恶。正因为这种种的差异，我们的教堂才与我想象中的形象相去甚远。没有唱诗班，我们教堂的乐队所演奏的多是些赞美上帝和耶稣的摇滚乐曲，节奏欢快。乐队成员则基本都是校长的家人：Justin是键盘手，Jadon和Nathan弹奏吉他和贝斯，而Cameron是鼓手，Ms.Heidi则是领唱。我们大多数身为无神论者的国际学生也常常被他们感染，跟着哼唱起来。另外每周日演奏过后，校长都会进行长约一小时的演讲。

这个学校还有很多细致的规定，比如每周一到周四学生必须穿校服并且把上衣扎在裤子里露出皮带。周五可以穿自己的衣服，但是必须交给班主任1美元的去校服费（Dress down fee）。迟到的学生要去主办公室向校长秘书Ms. Lacey要迟到单（Tardy List），并交予迟到课程的授课老师。当Tardy List攒到一定数量后，还会有相应的惩罚。比如警告（Warning），留校（Detension），校内停课（ISS），校外停课（OSS）等。同时，老师也可以根据学生犯错的情况用Detension等惩罚学生。各种惩罚方式中，Warning最轻，不用交罚款，只需去主办公室报个到。而Detension则要交3美元，并且于周二或周四放学后留校一小时，打扫教室卫生。ISS和OSS则是In School Suspension和Out School Suspension，不仅要在校内或在家停课，还要交10-20美元的罚款。最严重的就是开除了。从这些规矩中，我也感到了美国社会有趣的一面，似乎处处都是为了赚钱，然而却也着实有效。

我就这样很快地融入了平淡而又不失乐趣的学校生活之中。

8 照相

　　9月19日是学校的照相日（Picture Day），这一天所有毕业班的同学都要"dress up"，即穿正装照毕业照，为每年的学校纪念册的印制提供材料。别的年级的学生则依年级由高到低的顺序进行拍照。所有年级的学生都是先拍个人照，再拍集体照。我一大早就起床，沐浴洗漱后，仔仔细细的穿戴整齐：衬衫、西裤、皮带，最后到系领带的环节却卡了壳，以前从来没打过领带的我，实在不知如何是好。突然想起每周日布道时，校长都是西装革履，于是我赶紧请校长帮忙。果然他熟练且迅速得帮我整理好了领带，我本来想佩戴上领带夹，以示庄重，结果他说那是老年人用的，年轻人用上，反而不合时宜。感谢了校长，我又回屋穿上外套，打理了发型，带上相机去参加我有史以来的第一次学校照相日。

　　来到班里，同班的男生们也都各有风采，不过惟有我着银色西装，他们的都是黑色正装，这也无形之中凸现了我的特别，令我很是高兴。而班里的三位女生也是争奇斗艳，Jordan挂着精致的银项链，两耳坠着黑珍珠耳饰，分外夺人眼球。她着一身黑色连衣短裙，围在外部的装饰性亮黑粗皮带最有韵味。而Vanessa则在贴身的黑色薄衫外罩上一件波希米亚风格的外衣，与白色珍珠项链和大耳环相映成趣。Yadi身着花连衣裙，搭配着黑色短打马甲，也自成一景，而且她还特意做了头发。三位女生还都穿了高跟鞋，在与大家一起留影的时候，凭此占了不少优势。

过了一会，我们来到教堂，摄影师都已布置好了背景，轮流照相过后，就是集体照。最后是Goofy Picture，即搞怪照片。大家极尽所能，摆出各种好笑的姿势来拍照，非常有趣。我们毕业班照完，回教室照常上课，接下来是其他年级的拍照时间，不过他们都没有dress up，即穿正装的特权，只能穿着校服照了。

这是我从小到大第一次这样打扮，时间久了，还很不舒服，首先是领口，系领带通常需要把衬衫最上面的扣子扣上，呼吸都有些为之而窒。而领带平时摆来摆去，也不是很习惯，至于西服上装，更是让人感到闷热。新的皮鞋也很打脚。一天下来，我竟浑身不适，看来将来叱咤职场的路还长着哩。

9 紧张九月的结束

9月底，紧张忙碌的学习生活总算随着这一月的结束而告一段落。我这个月的成绩为：

美国政府（American Government） 98.96

统计学基础（Elementary Statistics） 96.75

英国文学（British Literature） 99

圣经（Understanding Times） 101.72

健康（Health） 102.10

美国历史（U.S.History） 72.25

其中美国政府，健康都属于一般难度，应付考试主要就是死记硬背。而英国文学虽然内容艰深，可是课堂上Ms.Heidi总会带着我们体会理解散文及诗歌的含义，再加上考试中我在作文（Essay）里率性发挥，反而往往得到出人意料的良好效果。至于统计学基础这门数学课，身为中国人的我倘若再学不好实在是无言以对父老乡亲了……所有课程中最难的要数圣经和美国历史，书本的内容多的仿佛字典一般，不仅需要的阅读量极大，对词汇量的要求更是令人无奈，但是为了获得好成绩，只好努力学习，终于在Understanding Times中取得了良好成绩，但我还是疏忽了美国历史，只得了70多分，算是刚好及格！

这里的算分标准与国内不同，93以上是A，85以上是B，而70则是及格线，因此我的美国历史的分数只能算D。但是所有美国历史课的19个学员中，竟然有13个人没及格！只有Nathan是A，剩下的有2个C和算我在内的3个D。这倒着实令我吃了一惊，美国本土学生对自己国家历史的学习态度甚至还不如我，也真有点让人哭笑不得。可是反思我在国内的时候，似乎许多同学也不把历史当回事，或许美国历史对我来说相对有新鲜感，因此学起来反而比本土学生更主动吧。那些超过100分的成绩，在这个Quarter,即四分之一个学期的正式Report Card(成绩单)上会被折合成100，而所有零头，也都会四舍五入取整。

本月的成绩虽然不大理想，但还有亡羊补牢的机会，10月下旬才算是第一个Quarter的结束，我如果在之后的课程中发奋努力，必定能够取得相对满意的成绩。这段期间Mr. Coaxum还布置了"Patriot Project"的作业，要求同学们挑选一个美国国父，根据其生平写一篇作文（Composition），一篇社论（Editorial），再写一个paper才算完成这个project。由于是第一次在美国接触这种比较"活"的任务，我还是挺重视的，最后决定选本杰明.弗兰克林(Benjamin Franklin)作为这个project所围绕的人物，并利用课余时间查阅了许多资料。尽管之后看来，我的文笔和用词十分生涩，但也算是用心之作了。而且美国学生对此似乎也并不在意，我最后竟然出人意料拿了全班唯一一个A，这也给了我学好美国历史这门课程的信心。

接下来，学校为缓解我们这段时间的学习压力，决定由Debbie组织我们去海滩玩一次。

附：Composition和Editorial原文

Composition

My composition is about Benjamin Franklin (February 1, 1812-October 22, 1878), a very important political role in US history who contributed to his motherland in lots of fields.

He was an author, a political theorist, a politician, a printer, a scientist, an inventor, a civic activist, a diplomat, and one of the founding fathers!

Born in a modest family, Franklin went to school from age eight to ten. Then he learnt printing skills from his brother at the age of 13.

After being a successful printer, merchant, and editor in Philadelphia, he spent many years in England and published the famous Poor Richard's Almanac and the Pennsylvania Gazette ; then he formed both the first public lending library and fire department in America.

At that time, Ben Franklin kept writing against unfair acts from England to America. Finally, he became the national hero since he spearheaded the effort to have Parliament repeal the unpopular Stamp Act. He also worked as Postmaster General under the Continental Congress and from 1785 to 1788

In his late times, he also did many meaningful things for the new country or even for the whole world.

As for his belief, Ben Jamin Franklin became disillusioned with organized religion after discovering Deism, even though his parents hoped him to have a career in the church. He went on to attack Christian principles of free will and morality in a 1725 pamphlet, consistently attacked religious dogma, arguing that morality was more dependent upon virtue and benevolent actions than on strict obedience to religious orthodoxy. The same as lots of other intellectuals, Franklin separated virtue, morality, and faith from organized religion, although he felt that if religion in general grew weaker, morality, virtue, and society in general would also decline.

In a word, Franklin was a proponent of all religions. He prayed to "Powerful Goodness" and referred to God as the "INFINITE."

As the base of USA, the importance of Christianity and the Bible can be found not only from those founding fathers like Benjamin Franklin, but also

in the law and some other basic systems. For example, the God's "higher law" is the basis of all manmade law according to James Madison, another founding father.

However, the influence of Biblical Values in public life becomes diminishing nowadays. In my opinion, Ben Franklin who sought to cultivate his character by a plan of thirteen virtues, which he developed at age 20 (in 1726) and continued to practice in some form for the rest of his life must be sad about the trends today. It is true that only few people can do everything as his standard according which people should remember TEMPERANCE, SILENCE, ORDER, RESOLUTION, FRUGALITY, INDUSTRY, SINCERITY, JUSTICE, MODERATION, CLEANLINESS, TRANQUILITY, CHASTITY, and HUMILITY all the time. However, they will do much more good deeds if they believe and study the Bible. As a result, Ben Franklin may ask every school in USA to preach or at least give classes about the Bible to prevent the incorrect American "fashion" now.

Anyway, with his belief in God and Jesus and uncountable contributions to his motherland or even the world, Benjamin Franklin is immortal and engraved forever.

Editorial

Dear Editor,

I want to introduce the information about Benjamin Franklin, one of our founding fathers, to everyone so that they can know how great and important this man is for USA or even the whole world.

Benjamin Franklin has an amazing childhood and adolescence. He was born on in Boston on January 17, 1706. His father, Josiah Franklin, was a tallow chandler, a maker of candles and soap. His second wife, Abiah Folger, was Benjamin's mother. Josiah's marriages produced 17 children; Benjamin was the fifteenth child and youngest son.

He went to school when he was very young but failed in the end. He then worked for his father for a time, and at 12 he became an apprentice to his brother James, a printer. When Ben was 15, James created the New England Courant, the first truly independent newspaper in the colonies.

At age 17, Ben away to Philadelphia, Pennsylvania, seeking a new start in a new city. When he first arrived, he worked in several printer shops around town. However, he was not satisfied by the immediate prospects. Benjamin Franklin, at age 21, created the Junto, a group of "like minded aspiring artisans and tradesmen who hoped to improve themselves while they improved their community." The Junto was a discussion group for issues of the day; it subsequently gave rise to many organizations in Philadelphia.

His contribution of the science is also amazing.

Among his many creations were the lightning rod, the glass armonica, the Franklin stove, bifocal glasses, and the flexible urinary catheter.

Franklin's another character is a musician, which seldom people know.

Franklin is known to have played the violin, the harp, and the guitar. He also composed music, notably a string quartet in early classical style, and invented a much-improved version of the glass harmonica, in which each glass was made to rotate on its own, with the player's fingers held steady, instead of the other way around; this version soon found its way to Europe.

I think readers will know lots about Benjamin Franklin and some of his uncommon deeds. Hope this will be accepted.

Best wishes,

Ash Nie

10 海滩之行

我们所在的南卡罗来纳州本来就毗邻大西洋，与我们居住的Ladson小城相邻的查尔斯顿更是美国三大历史名城之一，美国的海军基地之一就驻扎在此。这里的海鲜也颇负盛名。其海滩更是招徕着络绎不绝的游客。我们这次要去的是Folly Beach海滩。

周六一大早，大家都穿上了拖鞋短裤和背心T恤，一副清凉打扮。我也穿了新买的天蓝色冲浪短裤，不是为了装酷，实在是不得不入乡随俗。美国人的习惯很奇怪，男士游泳时通常不穿泳裤，只有专业比赛时才会着那种很短的游泳裤。在去海滩或游泳馆休闲时，他们会穿那种几乎及膝的大裤衩。而女士们则是越短越好，海滩上的比基尼女郎数不胜数。

我们一行人坐校车来到Folly Beach的停车场，新转来的湖南女生Summer和她的接待家庭Fowler一家也来了。Mrs. Joy和她的两个儿子Justin，Nathan，随着校友Glenn一家人，也拿着各种食品和饮料来到这里伴我们一起享受日光。

还未到沙滩，大海的气味就扑面而来，一行人从木桥漫步到海滩的一处空旷处，拿出沙滩椅，铺上大浴巾，把饮料放在有冰的箱子里，就开始各忙各的了。女士们基本都开始聊天和晒太阳，而我们这群大男孩，身在蓝天白云之下，面对着深邃的大海，都有种说不出的喜悦，大家不约而同地纷纷下水。由于今天风浪大，实在不适合游泳，大家就在浅海处玩起了摔跤。毫无规则，把对手摔倒在水中就行，人数也没有限制。我虽然不很强壮，但因为之前游泳把身上弄湿了，好几次都如泥鳅一般逃离了被摔倒的境地，倒是我和Rocky联手把大个子Glenn弄得团团转。而那边厢，Justin因为个头小的原因，被大家疯狂地"欺负"。过了一阵子，我们都玩累了，就回到沙滩上吃薯片，喝汽水。之后有的人开始扔飞盘或踢足球，而我们大部分男生则开始玩橄榄球。由于场地原因，我们把规则简化再简化，而且为安全考虑，还禁止互相摔跤。两拨人分站两侧，持球方把球放到对方身后划好的线内，就算赢。而如果持球者被对方球员碰到身体则需重来，连续两次失败，则需转让球权。大家玩得忘乎所以，十分开心，这段时间以来的紧张与疲劳都随着汗水挥洒而去。

午后，大家集合准备去吃午饭，我们先把所有垃圾都收好，再到海滨的浴场冲凉，把身上的沙子都洗净，这才上车到附近的海鲜馆子进餐。望着窗外的金色沙滩与身着各种色彩的衣物的游人，还有无边的大海在日光下波光粼粼，水天相接处遥远得看不到头，层层美景，如诗如画。在这种情境中聊天吃饭，真是一大享受。

到家后，许多人才发觉皮肤被晒伤了，我之前在Henry的提醒下，抹了一些防晒霜，却终究忘了后肩这处日照最多的地方，只感到那里火辣辣的，又痒又痛。不过放松了一天，大家的心里都是甜的。

11 高烧考托福

来美国读高三的目的，就是熟悉英语环境并申请美国大学。说起申请大学，各种考试自是少不了。

刚来美国时，我就上网注册报名了10月初的托福考试以及11月的SAT。当初本来自信满满地打算在托福考试中得到100以上分数（满分为120分）。哪知道，开始正式的学习生活后，现实与想象完全不是一回事。在这里虽然放学很早，但是每科的作业，尤其是英国文学，美国历史等科目，需要大量的时间去阅读课本，而我的词汇量本来就不大，连托福的单词都只背得十之六七而已，应付浩如烟海的阅读材料，当真是殚精竭虑，更不要说另外抽空背单词了。不过我也有优势，来到美国快两个月的时间，一直积极与人交流，想必听力和口语能力都有提高。加上每天写作业，考试，写作能力也应该有进步。而托福考试正是分为读，听，说，写四个环节，因此，我还是有一定把握考得好成绩的。

可终究是人算不如天算，临到考试，突然出了意外。

考试日期是10月5日，地点是查尔斯顿的一个考试中心。10月3号，国际学生管理人Debbie给我在附近的医院"Health First"约了去打破伤风疫苗，因为我的免疫证明缺破伤风这一项，需要补，当天下午她接我去医院。美国医生似乎对打针很不在行，给我打疫苗的阿姨，把针扎进我大臂的血管时一点也不"温柔"，注射时更是猛推针管，真不知她以前是不是兽医。当时针眼周围就肿了，肿块好几天后才消下去。

当晚睡觉后，半夜隐隐约约感觉身子发冷，十分难受，凌晨6点我半困半醒地爬起床去冲了个热水澡，阵阵的头晕告诉我，我发烧了。拿出带到美国的温度计，一量体温是38.6摄氏度。只得去找Ms. Gloria，她又帮我量了一次，有100多华氏度。我们都推测是头一天打的疫苗与我的身体起了反应，无奈之下，我只得向她请假，并服下了她给我的Tylenol退烧药，然后回去睡觉。睡前把第二天考试要用的证件准备好，还打算睡好了再背背单词，哪知道这一觉睡得昏天黑地，直到第二天校长来叫我，这才醒转，可还是头痛欲裂，烧也没退。

校长说Debbie在外面等我，同一天赴考的Leilei和Juno也都准备好了，问我还去不去，我先为"迟到"表示抱歉，然后一面说去，一面跌跌撞撞得走到浴室。冲了个热水澡，难受之感稍减，套上个帽衫，拿起证件就赶紧坐进Debbie的车出发了，一路无话，大家知道我发烧难受却也无可奈何，我则歪着头假寐以争取多一点休息时间。

到了考场，我和别的考生依照先后顺序抄写并签署了考试纪律条约，保证不会作弊等。看来在美国考TOEFL也有这个环节。之后等待片刻，就有引导员把我们一一引入考场内。我坐在计算机前，开始答题。

第一部分是阅读，还遇到了加试，题目比正常多了一倍。每篇文章和问题几乎都是在限制时间内刚好答完，惊险万分。好在阅读需要高度集中力，反而令我忘却了身体的不适。可惜到了听力部分，精神实在是难以集中，浑浑噩噩，昏昏沉沉地答完了题，迎来了短暂的休息时间。之后是口语，6个问题答得还算满意，最后的写作部分也按时完成。当最后选择提交或放弃此次考试时，我终于没有狠下心来，选了提交。环顾四周，才发现我是最后一个考完的，一想到自己的发挥状态，一种难以名状的沮丧之情油然而生。一切的一切似乎都是上天在与我为难一般。梦想仿佛突然变得遥不可及。当初我还希望能上100，但结果说不定还不如春天在北京考得好。面对这残酷的现实，我感到自己十分渺小，一时间，竟不知所措。

走出考场与Juno和Leilei谈论考试，他俩竟然在考试过程中睡着了，这样一来，回去的一路自然话也多不了。坐在车里，我脑袋斜倚着车窗，感受着汽车在道路上的颠簸。窗外公路护栏和栏外的树木飞快得滑过，我的心中空空如也。突然间发现远处的一个巨型广告牌，上面是丘吉尔和他的名言"Never, never, never give up！（永不、永不、永不放弃！）"难道这是对我的天启么？不管前路如何，为了梦想，为了家人，为了自己，都不能放弃！

回到宿舍后，居然烧也逐渐退去。之后，我毅然注册报名了12月份的托福考试，打算绝不放弃。

12 感悟

10月底，上半学期的期中成绩终于下来了：

美国政府（American Government）：100

统计学基础（Elementary Statistics）：94

英国文学（British Literature）：98

圣经（Understanding Times）：100

健康（Health）：99

美国历史（US History）：82

美国历史课的成绩通过我不懈的努力总算是逐渐追上来了！而我也掌握了许多窍门，比如课堂笔记往往是考试提纲，随机测验往往考察课文中的黑体字内容等等。另外在每堂课上，我也完全融入了与大家一起交流讨论的气氛。

美国的教材中，经常附带娱乐性极强的教学录像，或者课外材料让学生观看。在这一点上，我确实很佩服美国的教育体系，记得在一节课的教学录像中，竟然还涉及歌星Britney Spears等流行元素在内，当真能令学生们学得过瘾，老师教得带劲。还有一天，我惊讶地发现圣经（Understanding Times）一个章节的课后阅读材料竟然拿著名导演"斯坦利.库布里克"的名作"发条橙"为例，与该章内容相比较，使得同学们更能通过通俗流行文化对课本知识有一个感性的认识。而由于那部电影的分级原因，大部分同学都不知道，偌大一个学校竟然只有任课老师Ms. Ditmars和我看过，于是我给大家简述了该片的内容，也令美国同学对我刮目相看，佩服我的电影常识非常丰富。我也为此感到高兴，在国内我的一大爱好就是看电影和读电影杂志。而这爱好到了美国这个好莱坞文化的孕育之地更成了我的一个"特长"。英语课上，Ms.Heidi就常常给我们播放根据古典名著改编的电影，而当她想不起某个电影的名称时，我往往能根据她的提醒把电影名字，主演，导演，甚至出品年代都说出来！

学业步入正轨，日常生活中人与人却难免总会有些摩擦。

10月中旬，学校里共有了约22名国际学生！校方也为此开放了连接2楼宿舍和Mr.Terry，Ms.Gloria的房子的一栋小楼。现在韩国学生Juno，Danny，Jae和中国台湾的Rocky还住在Summervile的Holiday House。韩国女生Stephanie和Lina分别由两个接待家庭照顾，新转来的湖南女生Summer则和韩国男生Kim共享另一个接待家庭。而我和韩国学生Oh，Woo，Boo，David则跟校长住在一座单层洋房里，Wojciech和韩国学生Joshua，Nate搬到了新开放的房子，中国学生Henry，Hunter，Frank，Leilei，和韩国学生Tae，Booby仍住在2楼。

之前提到住校的学生在日常生活中大多数很不讲卫生，和我一起住的Oh虽然个人卫生合格，但从来不做值日，2楼的Tae更是以不洗澡而闻名全校。而且韩国学生还都有"拿人家手长，吃人家嘴更长"的奇怪习俗。小到牙膏，剃须刀，大到各种电器，都伸手找别人借。每次我一听到敲门声，十之八九是来找我借东西的。碍于面子上的交情，我又总是不好意思不借，可是刮胡刀这种私人的用具实在是不方便借人，但是Oh总是向我要，一次我半开玩笑的说"你借别的东西都没什么问题，可是刮胡刀实在不方便，万一你传染我疾病怎么办？"他竟然老起脸来皮笑肉不笑得对我说："我不在乎。"在他们的眼里，只要你借过他们一次的东西，似乎就可以无止尽的借用了。

另一方面，对吃韩国学生更是毫不含糊，凡是见到别人有饮料，零食，无论好吃与否都会张口向别人要。上次去海滩游玩，校长前一天备好了薯片等零食，Jae因为自己的接待家庭（Host family）周末另有活动，不能与我们住校生一起去海滩。他放学来到我的宿舍时，发现了厨房里的薯片，不仅大吃特吃，还在临走时把薯片装了满满一书包带走。按我们校长的话说，这种行为实在是"令人厌恶（disgusting）！"而Tae和Bobby两人自从合买了一部电脑后，天天就只吃饭睡觉玩游戏，成为了名副其实的"御宅族"。Oh和Danny在校抽烟打架，被停课罚款数次。Woo还因为偷了Leilei的80多美金被校长发现了，更是险些被开除。

韩国学生中跟我关系良好的只有同班的Juno和Nate。而他们却很看不起来自湖南的中国学生Frank，因为他每天无时无刻不在说着下流的脏话。跟他同班同课的我更是感慨尤深，他自己嘴上只挂着有关男女性器官的词汇倒也罢了，反正除了中国学生都听不懂。可是他竟然还教外国学生那些粗鄙的词汇，甚至吹嘘自己在家乡多么风流！面对着这一切，我只能无语。我的波兰朋友Wojciech险些因为Frank侮辱性的语言而与他大打出手，总算被我及时制止了。

这些问题也引起了我的反思，美国并不是天堂，这大家早就知道，而留美的学生也绝非全是善类，这一点却并不太为人所知。无论哪里的人，都有好坏善恶，而国际学生的质素更是良莠不齐。一些素质低的学生之所以能到美国，多是靠花钱通过中介公司以交换学生的名义过来的。对此，我的感悟就是，作为一名出国的中国学生，要时刻铭记自己所代表的祖国，洁身自好，努力闯出属于自己的一片天！

13 矛盾

有句话说得好，有人的地方就有矛盾。

在学校呆久了，中国留学生内部，韩国留学生内部，当地的美国学生之间，都发生过摩擦。比如韩国学生Oh认为小一届的Danny对他没有用敬语称呼，是一种不尊重（在韩国，学生同事之间对年龄大的人通常使用敬语），而与之大打出手，结果双双被停课数日，并处以罚款。而中国学生中，自诩风流的Frank因为总是喜欢开些不恰当的玩笑，又碰巧有时遇到别人心情不好，发生过几次"撞枪口"的事情，好在中国学生普遍性格比较温和，深明独自在外要懂得忍让的道理，一直没闹出什么出格的事情。至于美国学生，素质参差不齐，有时也会擦出暴力的火花，前不久，9年级的AJ和10年级的Tyler就因为言语不和发展成互骂，进而演变成推搡，结果也是双双遭到停课处罚，并被罚款。

有趣的一点是，美国学生的争执，大多流于表面，通常只要嘴皮子，而极少发展成拳拳到肉的互殴。比如AJ和Tyler，其实并没有真正意义上的打斗，只是互相推搡而已。相比我在北京初中生活的所见所闻，美国式争斗似乎平和许多，不知道这是因为美国学生素质较高，还是他们没有中国男生有血性，抑或只是迫于私校严厉的罚款和处分而不敢轻举妄动也未可知……

通过对比留学生与本地学生的争执，也能看出不同文化对于矛盾处理方式上的差异。

在一次周三的Youth Group礼拜活动结束后，当地学生都准备回家，我们住校生也纷纷走向宿舍，精力旺盛的10年级生Jonathan似乎还没有尽兴，开始像小孩子一样，从背后去"偷袭"周围的国际学生，或拍肩膀，或捅腰背，还夹杂着稀奇古怪，我们难以理解的俚语。对此，大多数留学生都一笑置之，懒得与其计较，可是他终究运气不好，招惹了心情不佳，正在等候Host family的韩国学生Juno。Juno想必是认定Jonathan在冒犯他，没好气地一把攥住Jonathan的领子，好似要将本就矮小的Jonathan提将起来，本来还算和谐的空气也在那一刻凝结，刚才还活蹦乱跳好不威风的Jonathan整个人也僵硬了。好在周围的人把他们劝解开来，Jonathan一个人灰溜溜的开车回家了……之后的第二个学期，Oh也与Austin（8年级的小朋友，是Summer接待家庭的小儿子）发生了矛盾，起因是Austin出言不逊，有侮辱Oh母亲的言语，结果自然被大他3

个年级的Oh揍了。这件事虽然开始错在Austin,但毕竟是Oh先出的手,再加上他之前在校表现不佳,最终不幸被开除学籍并遣送回国,当然,这是后话了。

从以上事例,我们可以看出,美国学生通常我行我素,在言论行为上没有太多顾忌,以至于有些事情的后果是他们没有预料的。这个问题,积极去看,可以理解为他们的思想行为的自由奔放,消极理解,就可能是"没心没肺"了。不过美国人轻易不动手,所以并没在学校捅过大篓子。倒是国际学生和当地同学的矛盾造成了较大影响。所以如何看待和处理与美国人的矛盾,也是留学生的重要课题。

我也曾和美国学生起过争执。

一天放学后,我和10年级的Cameron,也就是Jadon的弟弟,教练的儿子,在篮球训练中发生口角。事情本身很简单,就是实战对抗中,与我对位的Cameron在攻防之中彼此有许多身体对抗,还有几次,我俩周围队员的碰撞也险些使他倒地。他却认定都是我在用小动作,脏手段,我尽力解释也于事无补,只好作罢,但他嘴里却一直不干不净,终于令我发作,脸一板,指着他鼻子吼道:"Say it again!"这才令他意识到问题的严重性,闭口不语。事后我觉得自己也有不是之处,便找教练谈了谈,让他帮助我们和解了。另外一次,也是因为打篮球,我和11年级的Ben产生了矛盾。那天午饭后,我和Rocky在操场打球,Ben也过来凑热闹,突然Rocky犯了个低级错误,Ben便讥笑"Asian"连球都拿不稳。他讥笑Rocky也就罢了,但是将攻击对象扩大到所有亚裔,就有点不可理喻了,我告诉他"Watch your mouth! Just shut up!"(注意言辞,赶紧闭嘴），他也不甘示弱，将争论升级为对骂。我好歹在美国校园混了这不少时日，口语水平可也不低，几个回合下来Ben丝毫没占到便宜，我俩边骂边互相逼近，直到我感觉实在窝火，推了他一把，Ben才转身离去，嘴里夹杂着些不干不净的东西，我也懒得理会了。之后的历史课上，他主动向我道歉，我也承认了自己的错误，两人也就言归于好了。

通过总结和反思，我发现身在美国，还是要时刻保持理性，尽量不要与人发生争执。但是有了矛盾，也不要退缩，更不能激进。前者往往会让对方得寸进尺，甚至伤及自身乃至民族尊严；后者则会让事态急剧恶化，往往得不偿失，甚至会被开除。面对纷争，留学生们应该积极想办法解决。由于美国是个强调种族平等的国家，一切种族主义的行为都会受到强烈的谴责。而作为非社会主体的留学生，本身是少数派弱势群体，并且大多属于美国的少数族裔，因此在纠纷之中，如果找校方协调解决，我们往往有优势。学会利用可大可小的种族问题，也是一种自我保护的良策。比如我在宾州的好友Alex，有一次带领国际生和本地美国学生争一个篮球场地，双方僵持不下，体育老师过来让Alex等人去另一个场地，结果被Alex扣上了"Racist"（种族歧视者）的帽子，最后还是把场地让给了这群国际学生。反观Oh与Austin的冲突，如果他当时没有直接动手，而是去找校长解决问题，想必受罚的也不是他自己。

综上所述，面对各种矛盾纠纷，作为国际学生，一定要保持冷静，审时度势地通过智取的方法，赢得应有的尊严和利益。

第三章

绚烂的季节

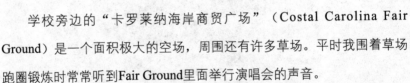

1 嘉年华

学校旁边的"卡罗莱纳海岸商贸广场"（Costal Carolina Fair Ground）是一个面积极大的空场，周围还有许多草场。平时我围着草场跑圈锻炼时常常听到Fair Ground里面举行演唱会的声音。

10月底，在美国巡回进行的嘉年华活动到了我所在的南卡罗莱纳（South Carolina），而举办地点正是我住处附近的Fair Ground！前些天一直看见成批的卡车在78号高速公路驶过，把一批批重型设施运到那里。

周四是嘉年华活动开始的第一天，从早上开始，公路上的车辆就一直络绎不绝，没一会儿，学校旁边好几个周长1.5或2英里的草场就停满了车。到了晚上，更是热闹非凡，远远的就能看到嘉年华里的摩天轮等大型娱乐设施，天空中还盘旋着直升机，据说可以租乘，在天空绕一圈大概30多美金。午夜时分，有炫目的烟火。然而我的托福成绩此时也终于揭晓，竟只有区区82分，比我在国内考的分数还低，一时间，我跌落到情绪的低谷。

周五下午5点半，Wojciech，Henry，Frank就准备好出发了，Rocky也特意从度假屋（Holiday House）那边赶来，在他们的极力劝说之下，也为了放松心情，我决定和他们一同前往嘉年华。

Fair Ground虽然就在学校旁边，但是到正门还很要绕一大段路，我们走了十几分钟才到入口。只见四个检票处都排满了人，游客大多是年龄相仿的三五成群的年轻人。也有父母带着小孩来玩的。门票8个美元一张，检过票后，就进入了嘉年华的场地，大家立刻沉浸在喜悦的气氛中。游客在入口处往里可以买券游乐，嘉年华中的各个娱乐项目会需要这些游乐券，好玩的设施还要好几张。除了购券，还可以选择花27美金买通票，工作人员会用当天颜色的印章在游人手臂上盖一个戳，仅限当天有效。我们几个二话没说就买了通票。

场地分为外部的一小圈和靠里的一大圈，外圈多是些商品摊铺和饮食购买点，还有一些音乐表演等，我们几个怀着几分好奇，几分期盼，一路上有说有笑，还遇到了不少学校的同学和他们的朋友在一起。到了里面的大圈，就基本全是娱乐设施了。对于基本在学校关了2个多月的我们来说，乍一见到这许多好玩的玩艺儿，当真是喜从天降，乐由心生，不由分说，便玩开了去。

我们先坐了蹦极高塔，当座位载着我们升至高耸的塔顶时，环顾四周，发现夕阳之下，我们生活的市郊地带却也别有情调，竟有些意大利田园风光的意境。欣赏间，座位蓦的猛向下降，身体顿时有种失重的感觉，心也似乎要跌了出来。降得一半，又往回升，然后又是陡然间骤降，来回几次，才回到底部。我在心跳刺激之余，也不禁佩服嘉年华的主办方，这些设施，娱乐效果竟丝毫不逊于正规专业的大型游乐场！

之后我们又玩了许多转圈眩晕的项目，都是游人坐在自转的设施中围着一个轴心同时进行疯狂的公转，不论是坐在"大茶杯"中，被吊在"机械爪子"上，还是颠簸在"小车"内，本质都是一样的。这时，一个看不见内部的类似蒙古包状的东西吸引了我们，进去才知道也是转圈的。游人分别靠着围成圈的墙壁而立，墙壁是向外倾斜的，有许多靠垫匀称分布，我们就斜倚在上面。之后整个设施开始由慢至快的旋转，由于离心力的原因，到后来，人竟然是想脱离靠垫而不可得，只觉得天旋地转，反而有些难受。不知过了多久，终于停了下来，我状态还好，慢慢走到出口，Rocky和许多别的游客都有想要呕吐的冲动。

为了冲淡这种不适，我们去开了几局碰碰车，伴随着嬉笑与碰撞，童年的回忆也隐隐浮现在脑海之中。短短的几分钟过去了，大家都意犹未尽，又接连玩了好几局才离开。附近还有好几个"鬼屋"，进去后的结果却是令我们失望的，内部黑洞洞的过道中无非是一些机关陷阱而已，有时脚底的路是一些接合的板块，会随步伐有相应的上凸下陷，有时还会弹出一些假的鬼怪，质地甚是粗糙。出来后，大家有点饿，我和Frank去买署条，Rocky等三人看见几个观赏性摊位，帐篷外面的标牌上写着"全球最矮小的人"，"世界上最大的蛇"等标题并配有夸张的图

画，门票一美元单收，他们忍不住好奇进去一探究竟，出来后告诉我完全不是标语写得那么回事，无聊得很。

　　吃完署条后，我们一起乘坐了摩天轮，整个嘉年华尽收眼底，望着点点灯光或密或疏，胸中有种豁然开朗的感觉。坐完翻滚过山车，疯狂老鼠等大型传统项目后，我们已经绕完了一大圈，于是我们又回到"大圈"外的"小圈"喝了些饮料，休息聊天，谈笑间，焰火齐放，各种颜色，图案，闪耀于苍穹，人们无限愉悦。我的心情本来为托福失利所影响，但放松了一晚，又赏此美景，顿时觉得人生还是很美好的。焰火表演结束之后，我们在周边玩了些单独付费的有奖活动，比如投篮，套圈等。嘉年华每天两点结束，快午夜1点，游人们逐渐离去，我们也决定返回宿舍。临走时，我们每人买了一个有成年男子小臂粗细的火鸡腿，外焦里嫩，非常美味可口，玩了一晚上的我们此刻饕餮一番美食，实在是一种享受。

　　步行回家，我却困意全无，望着空荡荡的操场，我，Rocky，Frank，和Henry一时兴起，开了操场的照明灯，开始打篮球。可能因为情绪往好的方向回转，我当晚超常发挥，投篮，突破都很神勇，大家一直玩到筋疲力竭了，快到午夜3点才收手。Rocky今晚就和Henry等人同住二楼，我则拿着校长之前给我的钥匙回到住处，悄悄进门，迅速洗漱，之后就倒在松软的床上进入了梦乡。

77

2 万圣节

每年的10月31日是西方的万圣节，

这一天，Debbie特意到学校让我们国际学生们体验万圣节的氛围。傍晚，她把大家都召集到二楼的大门外，自己却神秘得锁上门。百思不得其解的我们只得敲门，她在屋里告诉我们要喊"Treat or trick"，原来这是小孩子们在万圣节之夜挨家挨户要糖果时所喊得口号。他们常常会提着掏空的南瓜做成的"杰克灯"，三五成群的敲门威胁"不给糖就捣乱"，而屋内的大人们通常白天都会买好糖果，在此时分发给小孩子们。

而我们学校位于市郊地区，附近的住宅区并不密集，我们这些国际学生大多也过了要糖的年龄，因此Debbie才想出这个计策让我们感受万圣节。

大家会心地笑了笑，依次敲门说"Treat or trick"，而Debbie则将事先买好的糖果分发给我们。之后，大家还玩了用嘴从水盆里叼苹果等所谓的"传统项目"，算是好歹经历了一次万圣节。晚上大家本来想聚在一起讲鬼故事，看恐怖片的，结果却因为每个人都有不同的安排而作罢。

下午放学，Picture Day的相片样本也发了下来，我们每人都拿到了一个信封，外面粘着一张长约7寸，宽约5寸的自己相片的样本。旁边注明了不同"套餐"的收费标准，我选了25美元的一套照片，有一张大的，两张中号，和四张小号的个人照以及一张中号的集体照。在信封外

的表格内选好"套餐"，填好地址和联系方式，签上名字再放入现金并封上口，送给办公室的Ms.Lacey就万事OK了。预计这学期末会拿到照片。

　　第二天上学，大家的话题还是万圣节。通过交谈我才知道，Yadi等人从小到大从来都没有试过在万圣节出去要糖。原来许多家长因为担心孩子的安全问题都不准他们出去。不过住在查尔斯顿的Mr.Coaxum和家在Summervile的Ms.Heidi还是怀着很大热情准备了不少糖果。谁知Mr. Coaxum昨晚只遇到了几拨幼儿园孩童，大把的糖都没给出去，只好带到学校给我们分发。好久不吃糖的我们仿佛又回到了童年一般，所有糖果之中我最喜欢"Red Head"，"Blue Head"等不同颜色的软糖，酸酸甜甜的，还很有嚼劲儿。另外还有种叫"Body Candy"的糖也很有意思，是做成人耳朵，眼睛，鼻子等样子的软糖。Ms. Heidi的办公桌上还特意摆放了一个掏空的小南瓜，上面的鬼脸非常可爱。她还告诉我们Summervile的社区的小路上昨晚摆放了许多超大的南瓜灯，很有"鬼节"的意境。我之后才知道，在美国，其实许多大南瓜都不是用来吃的，而是专门用来掏空制成"杰克灯"的。

　　这次万圣节，我在体验的同时也长了不少见识，了解了许多西方的习俗和风土人情，算是收获不少。

3 美国高考

　　SAT（Scholastic Assessment Test）是美国高中生进入美国大学需要参加的考试，就像是美国的高考。而对于想要申请美国大学的国际学生来说，SAT成绩也是非常重要的，还往往关乎奖学金等重要事项。

　　在中国，申请美国大学的学生都会赴香港特区乃至新马泰地区参加SAT的考试（中国大陆地区没有考点），而在美国，考点则遍布全国。我注册了在住处附近的南查尔斯顿大学（Charleston Southern University）的SAT考试，时间是11月3日。

　　开学以来，开始一直没有时间准备托福，托福之后依然紧张，虽然每天坚持抽空做SAT的习题，但感觉收效甚微，心情也常随着某一篇阅读的答案对错而上下大幅度起伏。这段日子天天是精疲力竭且压抑难受。考试头一晚更是失眠，给同在美国求学的姐姐打了半天电话到凌晨1点才睡。

　　第二天早上，伴着手机闹铃大作，我起床洗漱，之前对考试的种种焦虑却烟消云散了，可能紧张感会随着最后关头的到来而消失吧。校长把我送到南查尔斯顿大学（CSU）的考场。进入考场的大楼，先在楼内的柜台报道，再等待工作人员通知考生其考场。在大厅内短暂的等待时间里，环顾四周，考生们行装各异，偶尔有些熟人相遇，还会打个招呼。大家似乎都不紧张，这或许是因为SAT可以进行多次考试的缘故吧，而对我来说，却没有重考的余地了，12月份大学的申请基本都已经结束，我只能抓住这次的机会！

　　不一会儿，工作人员示意我们可以进入考场了，于是我来到所属的4号考场。其实就是大学教室，桌椅的数量不少，黑板的面积也很大，想必是间大课的教室吧，而考生与这间大教室比起来却少的可怜，前后稀稀疏疏的只就座了十余位考生而已。监考老师先宣读考试准则，之后查看了考生的用具等。桌面上仅能有铅笔，橡皮，而计算器则只能在数学部分的考试中使用。

　　试卷发下来了，我们先在监考老师的带领下填好了考生信息部分，之后考试正式开始。第一部分是Essay，题目已经想不起来了，只记得当时自己奋笔疾书，洋洋洒洒写了两三页左右。之后9部分就是阅读，语法，和数学了，还幸运得赶上了数学加试。因为考试不能跨区做题，也就是说，在做一部分习题的规定时间内，我就算提前做完，也不能做其他的题目。于是我每一部分都认认真真地作答，时不时看看表，感觉时间从未像此时这般飞逝而过。

　　考到中间，还有10分钟的休息时间，大家可以吃零食，喝水和去洗手间。下午1点左右，我终于完成了考试，顿觉肩头的担子轻了许多，虽然不知道结果如何，也未能充分准备考试，但自我感觉还好，或许来到美国后的每一天生活，都是对英语的锻炼吧。

　　走出考场，我找一个留着"Corn Roll"发型（玉米头，NBA球星安东尼和艾弗森等人常用）的黑人学生借手机给校长打了电话让他来接我。正好这位学生也在等待家人，我便向他请教留Corn Roll的技巧以打发时间，得知原来黑人大多天生卷发，因此很方便把一缕缕头发编成小辫子。而直发则很难编成辫子，不过技术高超的发型师也能做到。另外，想留Corn Roll，头发至少要有披肩的长度才好，而且玉米头通常是每半个月或一个月随着头发的生长以及辫子的松散需要续编，平时洗头也不把辫子解开……

正聊得起劲，校长驱车到来，我与那位朋友道别后，坐进校长的车，长舒了一口气，在攀谈中踏上回程……

4 游CYPRESS主题公园

周六10号，Debbie组织住校生去Cypress Garden主题公园游玩。这是一个美国著名的生态公园，历史悠久，环境优美，据说著名的好莱坞男星"梅尔.吉普森"主演的《爱国者》就曾在此取景。而且Cypress Garden主题公园是"连锁"的，其他的一些州也有此公园。

Debbie驾驶校车载我们到达那里，她的朋友Eddie也来此与我们共同进行这次感恩节前最后的出游。

其时已是深秋，石路上疏落有致的散布着落叶，在阳光的照射下散发着甜美的乡村气息。大家顺着路走，先是蝴蝶馆，各种各样的蝴蝶遍布其中，令观者大饱眼福，我也学到了许多不同种类蝴蝶的英文名字。其中最有趣的是一个放在玻璃箱中的蜂房的纵剖部分，游人可以清楚地看见蜜蜂们在蜂房中如何工作。另外蝴蝶馆中还有许多其他的昆虫标本，如所有种类中体型最大的蟑螂和甲虫的标本等。

　　步出蝴蝶馆，我们来到水族馆，里面都是些奇形怪状的海洋生物，华丽的海龙，优雅的水蛇，令人却步的大型蟾蜍，以及许多叫不上名字的生物让我们目不暇接。巨型蟒蛇更让大家叹为观止。突然，来自波兰的Wojciech把我叫到一个独立的玻璃容器内，指着其中的生物直说奇怪，我定睛一看，是个似龟非龟的生物，最奇怪的是它的长鼻竟然像猪鼻子一般。我猜想这八成是"鳖"却不知如何用英文向Wojciech解释，只好作罢。

　　挨着水族馆的一条小路两侧是两排鸟笼，各种色彩斑斓的鹦鹉被困其中，显得很是可怜。小路的尽头是露天的鳄鱼观赏区。我们在中间的"石岛"上可以观看围着中心岛的各种鳄鱼，有尼罗鳄，印度鳄等，最后我还发现了几只体型较小的鳄鱼，似乎是我国的扬子鳄。

　　"岛"的中央是一座鳄鱼雕像和一块镂空的绘着鳄鱼的木板，游人可以把头探到镂空处进行留影。连接这里的另一条路则能够看到数条超巨型的美洲鳄。最大的一条，我目测了一下，其最粗部位的腰围直径约有一米来长！从头到尾至少有五六米，其头颈部分就有几乎一米！游客护栏周围赫然立着禁止喂食，违者罚款200美金的警告牌，使池内假寐的大鳄看来更具威胁。

　　之后我们来到了Cypress Garden主题公园的中心地带，是一个黑水湖，湖中矗立着许多参天大树，想来是某种不知名的乔木。半秃的枝杆在湖中却看不见倒影，湖面上的落叶使湖水看起来更加乌黑。工作人员解说，湖中的Black Water是由于植物随着春去秋来，枯枝烂叶在水中腐烂而逐渐变黑的。湖中还栖息着许多水鸟和鳄鱼，但现在气候转冷，鸟儿大多都飞走了，鳄鱼也被转移了一大部分。之后我们大家分乘两条船，在黑水中泛舟。湖面上吹过阵阵清风，感到一丝凉意的我们赫然看见不远处的湖面上浮着一只鳄鱼，这使本来就感到气温微冷的我们背脊上更添凉意。工作人员还开玩笑说曾经常常有鳄鱼撞击船底，我不由得为所乘坐的小舟的安全性担心起来。不过忧虑很快就随着独特的美景而烟消云散。当小舟驶到树丛之中时，仰望天空，满是交错的树木粗大的枝杆，还有稀疏未落的树叶以蓝蓝的天空为背景，再加上身周环绕着黑水，一种天人合一的感觉油然而生，似乎整个人也升华了一般。时光的飞逝似乎在这时也停了下来，大家都沉浸在这份唯美的气氛中，忘却了自我。终于，小船围着湖驶了大半圈，一只白色的鹈鹕吸引了我们的注意力，大家纷纷向它招手，它却理也不理。这时，我突发奇想，环顾四周确定没有鳄鱼后，赶紧捧了一手"黑水"，却发现手中的水根本没有颜色，的确只是枯木朽枝在湖底沉积多年，使湖底变黑，因而湖水看起来像"Black Water"，与水质本身并无关联。

上岸后，我们在湖畔的亭子中聚餐，Debbie准备的食物美味可口，大家都吃得很尽兴。席间，Debbie告诉了大家感恩节的安排，每个人都有不同的去处，多是一些格雷斯学校（Grace Christian Academy）附近的家庭自愿在节日期间接待国际学生。而Eddie和Debbie也准备带几个学生去田纳西州的度假胜地Gatlinburg游玩，我这个旅游爱好者立刻举双手报名，而Eddie也很乐意带我去。通过交流，我知道原来他和我校长Pastor Wade一样也是一名牧师。他的教堂在距离我所住的Ladson约2小时车程的New Berry。至于另外同行的学生，下个礼拜才会决定，不

过我总算不用在感恩节时呆在某个并不熟悉的家中无处可去了。

饭后是1个小时的自由活动时间，我和几个朋友沿着湖畔散步，草丛中常常藏着松鼠等小动物，很有意思。后来我们发现，原来湖的另一端还另有天地，只见有一对新人正在一处优美的古罗马式的建筑群中举行婚礼。我们怕打扰人家，匆匆离去了……

感恩节就要来临，终于有喘息和放松的机会了，我也已经迫不及待！

5 18岁生日

我从小到大都没有过生日的习惯。记得小时候总去麦当劳吃顿饭意思一下，后来初中住校，没环境也没心情去庆祝什么，到了高中，就干脆找父母要点钱自己买些想要的东西。

然而这次的生日却有些不同寻常，11月9日，我就要满18岁了，也宣告着少年时代的结束。8号晚上，父母都打来电话祝我生日快乐，国内的朋友们也都在网上写博客祝福我，令我非常感动。

但我并没有将生日的事告诉校长和接待家庭，连这里的同学都基本没有提及过，只盼着静静地度过第18个生日。可是"风声"不知如何竟"走漏"了出去。

9号的健康课上，在Mr. Coaxum的带领下，同学们突然一起给我唱生日快乐歌。这对我来说甚是突然，心中却也充满了喜悦和感激之情，后来许多刚刚知情的同学还问我为什么不早点告诉他们，以至于没能开Party帮我庆祝，我也被大家的热情弄得有些不好意思，告诉他们我本来没有庆祝生日的习惯……

放学后，Debbie特意来到学校，给我带了一大包礼物，有《指环王》的DVD，一个绘着美式橄榄球训练场面的杯垫，还有几袋零食。祝贺完我之后，她又匆匆离去了，我实在没有想到自己独在异乡，竟有这么多人关心我，一时间心头暖暖的……

这时，我的Host Dad，Mr. Terry来到我的房间告诉我，大家晚饭想去YOKOSO，问我愿不愿意去。想到这是一家在美国很受欢迎的日式牛排餐厅，而且平时的周五晚饭，由于校长要回家，住校的学生通常只吃一些热狗等简单的食品填饱肚子，今天正好是我生日，何不借此为自己庆祝一番呢？心念急转的同时，我嘴上早已答应。Mr. Terry诡异得笑了笑，然后说去YOKOSO时叫我……

下午5点左右，他来通知我是时候走了。我走出门去，才发现Ms. Gloria和大家都已在校巴上就座，更令我惊讶的是，度假屋（Holiday House）那边的Juno，Rocky等人也来与大家共进晚餐。看来今天是我们国际学生的大聚餐啊！

不一会儿，校车驶入了YOKOSO的停车场，大家进入餐馆，Mr. Terry与前台交涉片刻后，一位漂亮的服务员引着大家来到餐馆最里面座位最多的席位，我们一拨人分为两批，环着两块大铁板围坐四周。餐厅比较大，室内装潢都是日式的，由于是饭点，此时整个餐馆基本上是座无虚席，可见我们的座位是预定好的。大家先点菜，我点了菲力牛排

（Filet mignon）炒饭和寿司拼盘，其他人也点了虾肉炒饭，经典牛排等。之后两名厨师，分别来到两块铁板前，开始现场为我们烹饪。他们把铁板烧热后，先把油浇在铁板上，还特意浇成太极的图案以体现东方特色。然后在油上点火，火焰冲天一冒，大家都惊得"噫"了一声。火焰熄灭，就开始烧烤牛排，炒饭了。两位厨师一边烹调，一边与我们攀谈，言语幽默，还时不时露上几手杂耍餐具的绝活，令我们大饱眼福。凭着他们娴熟的技术，精湛的刀工，大家的餐点纷纷"出炉"，祷告过后，我们开始吃饭。

吃到一半，几个工作人员敲锣打鼓向我们这边走来，我正惊讶时，同学们，Host parents，以及工作人员都开始对我唱生日快乐歌，我才恍然大悟：原来这一切都是大家悉心安排好的，心中实在是感动万分。在服务员的要求下，我站到了椅子上，她给我戴上花环，用"即可拍"给我照了像，还送上了一个精致的小蛋糕……

晚上回学校，大家各自散去，度假屋（Holiday House）的接待家庭也把Juno等人接走了。我的接待父母（Host parents）授意我跟随他们回屋，然后从抽屉中神秘地拿出了一个信封。我拆了开来，是一张贺卡和附近电影院面值25美金的礼品卡（Gift Card）。我平时经常与他们谈论老电影，他们的礼物实在是贴心。我感动得与他们一一拥抱，之后互道了晚安。

回到卧室，我的心情却久久不能平静，想不到我18岁的成人仪式，竟然在遥远的异国他乡，与五湖四海的朋友们一同庆祝，真是百分之百的特别，百分之二百的难忘。这是我从小到大规模最大，同时也最充满惊喜的生日。遗憾的是，这之后每个国际学生的生日，都没有再像这次一样，所有人齐聚一堂。或许是由于相处日久互相生了嫌隙，或许是由于时间不巧。我的生日"Party"也就成了格雷思学生中"空前绝后"的一次。

6 申请大学的准备

自进入11月以来，老爸在与我的联络中不时地催促我开始着手进行大学入学申请的前期准备。其实我也知道，考TOEFL，考SAT都是在为此做铺垫，真正申请大学前，还有大量的准备工作要做。

要做的第一项工作就是到自己所感兴趣的大学的网站上去查阅有关的招生信息，包括各所大学的优势专业、自己感兴趣的学院或系的情况以及学校及专业对新生的基本的要求等。比如对国际学生来说，长青藤之类的顶尖大学多要求TOEFL成绩的分数在580-600分以上，即新TOEFL 的90-100分以上，其他大学一般都要求在550以上，即新TOEFL 的80分以上。而SAT分数虽没有明确要求的最低分数线，却也将各自学校上一年录取学生的SAT分数的总体情况发布在其网站上，供打算申请该校的学生参考。之前提过SAT考试成绩分为3项，即阅读、数学和写作，而多数大学公布的学生成绩分数只计算前2项。看来他们对写作能力的高低，看得不如阅读和数学重要。多数前20名左右的大学对申请者还要求有至少有2项SAT2的考试成绩。SAT2是在SAT考试的基础上，分科目的专项考试，即数、理、化、历史等的单项考试。了解到这些信息后，我对照自己的实际情况进行了分析。前20名左右的大学对我来说，可能性不大，因为已没有时间再去考SAT2了。而SAT的分数估计虽然会高出美国学生的平均分1600分，但不会太高。况且12月的TOEFL考试还未考，也不能抱太大的希望。在这样的前提下，经与老爸交换意见后，我觉得自己准备申请大学的范围选择在排名40到70名左右的比较可行。根据这样的自我定位，我确定了首批申请的4所大学，伊里诺伊大学香槟分校（University of Illinois at Urbana Champaign排，38名）、伦斯勒理工大学（Rensslelaer Politechnic Insititution，排42名）、宾西法尼亚州立大学（Pennsylvania State University，排47名）和得克萨斯大学奥斯汀分校（University of Texas-Austin，排47名）。还记得在国内时，跟爸妈一起去过一次外国大学在北京举办的大型招生咨询博览会，那次参展的名次最靠前的美国大学是密歇根州立大学，按美国新闻刊物（U.S.News）排名是70几名。当时就觉得要能上这样的大学就非常满意了，因为我知道，美国前100名的大学，都属于世界名校的行列。之所以敢申请比较靠前的学校，不是因为我的TOEFL和SAT考的很好，而是觉得我还有着自己的优势。我是校篮球队员、宿舍长。在国内时还当过班长，有较强的社会活动及组织能力。这些都是美国大学在招收新生时很看重的条件。

　　第二项工作就是要到目标大学的入学申请网页上注册，从而了解申请所需要提供的材料，需要填写的表格内容，需要完成的命题作文等。其中有些大学还委托了专门的网站来做它的全部网上招生工作。因此学生在申请不同的大学时，会用到不同的网站，按照不同的要求，使用不同的程序来完成入学申请工作。我将这些工作及材料准备大致上分为了3个部分。一是需要由我就读的格雷思学校来完成的，如成绩单、评价表、指导老师的推荐信、数学老师的推荐信等，我就先将这些表格及文件从网上下载，交给我的指导老师，告诉他们应该寄出的最后时间，并时常提醒要提前将这些材料寄出去。美国的中学是不会将其对学生的评价让学生本人看的，尽管它们对学生的评价多从积极的方面出发。二是需要由我自己的家长来做的，如银行存款证明（一般需要有不少于一年学费的存款）、监护人的申明（说明能够并愿意负担学费及开销）、中学的成绩单（原来的成绩单需要补充，因为我在出国前还拿不到高二下学期的成绩）等。我用电子邮件将有关的表格及要求给老爸发回去，让他们在北京替我办好了再寄给我；三是要由我自己来填写的大量表格和要写的作文。每个大学的表格的内容和要求都有所区别，作文的题目也不同。而且很多成绩以外的东西也要求填写，如曾参加校内、校外的活动及其具体时间、艺术和体育能力的水平描述，担任过的职务和时间等等都要求很详细地记录。这些都很花费时间，我只有靠抽空来做。

第三步，就是提交申请。这一步也需要分成三个部分来完成。第一部分是在网上提交的部分，由我自己来完成。填写完有关的表格，上传了提交的作文后，就可以正式提交申请了。在提交的过程中，一般要求用信用卡在学校的网站上支付申请费，每所大学从25个到75个美元不等，也有少数大学能够免费申请。第二部分就是在前面提到的，由中学提交的成绩、评价及推荐等材料。这就需要自己多提醒老师，一定要赶在相关大学规定的最后交寄时间之前寄出，否则会影响到录取。第三部分也就是家里替我办好的银行存款证明、家长的资助申明、国内学校老师的推荐信和国内学校成绩单等以及自己觉得对大学申请有帮助的材料。这部分材料一般都与学校的材料差不多的时间寄出。

有这么多的工作要做，还要保持学校的学习进度和成绩不太受影响，对我来说是个严峻的考验！没有办法，只能一步一步地完成。实在不行，就只能多熬些夜了！

感恩节游记

11月的第四个星期四是感恩节，是美国法定假日中最地道、也最美国式的节日,它和早期美国历史密切相关。据说是起源于早年"五月花号"所载的来到美洲大陆的清教徒为感谢上帝而定的节日，一直延续至今，已经成为了美国人最重要的节日之一，也是美国人合家欢聚的节日。

我盼望已久的九天感恩节长假终于来临。大部分国际学生被分配到学校附近的志愿者家庭与别人共度节日，度假屋（Holiday House）的男孩们以及Summer，Kim都随各自的接待家庭（Host Family）一起过节。而我，Hunter和Oh则将与Debbie，Eddie一道去田纳西风景秀丽的度假胜地Gatlinburg游玩。

20号下午，校园内只剩下我，Hunter,Oh和Leilei。Debbie于3点多钟驾着她的黑色SUV来到学校，我们一起检查了所有宿舍的门窗并将其上锁后，再与Mr.Terry和Ms. Gloria告别就上路了。一行人先把Leilei送到附近的餐馆，与他感恩节的家庭会合。有趣的是，来接她的女主人也叫Debbie。当晚与他们分别后，国际生管理人Debbie载我们到她家，和丈夫Michael一起热情的款待了我们。他们位于查尔斯顿的别墅依旧宽敞温馨，我们三个人当晚就借宿在她家。

第二天醒来已经快到中午，Debbie出去办事了。Michael带我们去附近的Ryan's吃了自助西餐，闲谈中我还了解了一些关于西方神秘组织"共济会"的知识，原来Michael本人，乃至Debbie的几个叔父都是该组织成员。共济会员们交流时有秘密的暗号和手势等以互相确认。许多其他细节也很有意思，比如共济会建筑必须向东而建等，这些细节都透着神秘古老的宗教气息，然而其创会目的至今不为人知……回到住所休整一番后，Debbie带着我们3个学生和Michael告别，然后来到New Berry与Eddie会合。Eddie正在张罗教堂的事宜，我们当晚也参与了Eddie教堂的宗教活动。这个教堂和格雷斯学校的类似，都是注重"内在"的基督教教堂（Christian Church）。只是学校的教堂音乐更加新潮，而Eddie的教堂则有着较传统的唱诗班。许多住在邻近的人都通过宗教这个媒介团结在一起，气氛很是温馨。祈祷，唱诗，以及布道过后，所有人都转移到教堂的一个内厅进行聚餐，汤很美味。之后我们一起把该教堂积攒了一年的所有通过捐款得来的硬币进行分类，将一美分的Penny，五美分的Nickle，十美分的Dime，以及25美分的Quarter分别用不同尺寸的小牛皮纸袋包成价值十美分或一美元的硬币集合。大家一起忙活了约一个小时才结束，每人手上都沾满了"铜臭"，不过想到这些钱将兑换成绿花花的美元再捐献给无家可归的人，大家心里都是欣慰的。人群慢慢散去后，Eddie锁好了教堂，与我们连夜前往Debbie的父母家。老人家们身体非常硬朗，他们两人独居在一幢两层楼的大别墅内，见到我们很是高兴。Debbie把我，Oh, 和Hunter安排在一个卧室，稍事休整后，大家就都入睡了。

次日我最早起床，洗漱后，Debbie的父母已经准备好美味的早餐，Oh和Hunter也起床了。我闲来无事，就帮助Debbie的母亲一起准备午餐。她说中午，她的另两个儿子和亲戚也要来此，果然时至正午，Debbie的弟弟，弟媳，孙女，孙女婿都来了，大家都很友善，我们三个国际学生虽是"外人"，却感觉很亲切。午饭是自助性质的，有意粉，各种派，火鸡，水果，以及许多叫不上名字的面点，很是丰盛。我与Debbie一个弟弟，Eddie等人坐一小桌，席间大家交谈时，他们都对中国文化表示了强烈的兴趣，与我讨论秦俑和中国人吃鸡爪子等问题。我也从交谈中对感恩节的本质有了认识，按他们的话说就是"不停的串门和吃饭"。午饭后，Debbie带着我们三个到她的一个远房亲戚那里串门。大人在客厅交谈，我们则与几个小孩玩了一会儿在美国很流行的Guitar Hero。这款游戏机其实本身平平无奇，只是通过一个吉他状的手柄，根据游戏中歌曲的节奏提示按动相应按钮。其亮点在于歌曲很全，热爱音乐的年轻人可以通过游戏演奏自己所爱的歌曲。后来我们又一起打了会儿篮球。临走时，他们还送给我们每人一个Clemson大学（南卡罗来纳最好的大学）橄榄球队的纪念品杯子。将近傍晚，Eddie，

Debbie与我们再度启程，前往Gatlinburg。初冬时节，公路两旁却仍有绿意，寒冷的温度挡不住自然的气息。我们在中间路段的一处草坪处稍事休息时，还看到远处有驯鹿。那种天人合一的感觉真是令人陶醉。晚上7点多，我们终于到达了Gatlinburg。这个小镇风景秀丽，到处都是各种图案的彩灯，主路两侧排满了各种各样的特色小店，道路上的行人摩肩接踵，应该都是来度假的。我们从一条岔路拐到了宾馆，Debbie一人一间，Eddie和我们三个学生分住两间双人房。由于今天午夜和明天是"Thanksgiving Madness"（感恩节疯狂扫货时段）的时间，所有商家都会大减价，所以我们计划明天起个大早去购物。于是出去简单吃了晚饭后，大家就互道晚安了……

凌晨4：30，闹铃叫醒了我和Eddie，我们先去叫其他人起床，结果却是徒劳，Debbie，Oh, 和Hunter一个睡得比一个香，于是洗漱后，我和Eddie两人来到Pegion Forge。这个小镇是与Gatlinburg相邻的，多是些游乐设施及商场，所以也是游客们的必经之地。别看我们起的早，商场中早已排起了长队。购物果然是很费时间的一件事，浏览，挑选，试穿，时间不经意间大把大把的流走……我们一上午逛了两个商场和一个很大的Outlets，也就是厂家直销店。Eddie为教堂购买了新的装饰品，还给侄女们带了许多玩具，我则多是浏览，真正中意的并没多少。下午1点，我们回到宾馆与刚睡醒的Debbie等人会合。一起吃完午饭后，来到Pegion Forge的Wonder World。只见一个巨型建筑，外形却故意造成一幢底朝天的超大号洋房，进入内部，才发现连内部都是"颠倒"的，很有意思。Eddie在外面等我们，Debbie领着我们买完票，就开始了Wonder World的旅程。感觉它和我国的"索尼探梦"有些类似，许多设施都让人们在玩耍的同时了解最新最酷的科学技术。模拟宇航员训练的设施非常新奇，睡"钉板床"而毫发无损的经历令人难忘。攀岩，用超大型模具造"泡泡"等项目都很有趣，但我最喜欢的是虚拟太空梭和双人翻转自行车。前者是让游人进入一个太空舱形状的装置内，通过内部动画和舱体本身的震动摇摆，给人坐过山车般的超绝感受。后者则是两个人骑在一辆连着单摆状装置的双人自行车上，当单摆摆动时，必须同时奋力蹬踏板才能使自行车连同单摆翻转360度。我和Oh配合还算不错，玩得很尽兴。

感恩节假期出行的第五天，我们一行人上午去宾馆附近的一个大礼堂参观了那里举办的手工艺品展览。各式各样的乐器，蜡烛，装饰，像框等令人目不暇接。之后我们来到一处高塔的基座，交了几美元的门票后，乘电梯直上塔顶，Gatlinburg的美景尽收眼底，望着主路另一侧的Smoky Mountain，漫山的树叶，大多变成了红色，竟和北京的香山有异曲同工之妙，一种思乡之情油然而生，使我颇有些沧桑感……塔上的风很大，我们下去后，来到Smoky Mountain的山脚，乘缆车缓缓到达山顶，在缆车的移动中，Gatlinburg的小溪，民居，和远山一一映入眼帘。在这优美的环境中，大家都十分惬意。下山后，我们就踏上了回程。晚上借宿在Eddie家。

之后的一天，我们早上去Eddie的教堂，顺便结识了他的两个侄女，Alison是南卡名校Clemson的铅球队员，而CJ则是高中篮球队的队员，两位猛女比我们几个男生都要高，性格也很豪爽。一起吃过午饭后，我们就和Eddie一家人告别了，回程中，Debbie自己专心驾车，我们三个由于疲惫也是一路无话，后来竟然都睡着了……

就这样，感恩节的旅程告一段落，我第一次品尝了火鸡，第一次在美国"出远门"，第一次见识"Thanksgiving Madness"的疯狂采购。这实在是有里程碑意义的一次旅行啊！

8 艰难的第一学期末

12月的学习生活由于期末的临近,更加紧张了。

此间，校园中也是奇变陡生。保加利亚籍的数学教师Ms.G因为不堪忍受10年级和11年级学生糟糕的课堂秩序，竟然不辞而别。小小的学校登时没有了初高中数学老师。此后据传有同学在餐馆"Cracker Barrel"看到她当服务员，又有人说和她在Wal Mart相遇过……总之，她再也没回来，也没和任何人联系过，就这样人间蒸发了……然而她不会想到她的离去给我们Senior带来了多少无奈与负担。

因为暂时找不到数学老师，校长便亲自拿起了教鞭。可我们的基础统计，内容越来越艰深，而校长却对种种统计公式，量的求法等内容不甚明白，结果每天的数学课就变成了他带着我们自学。偏偏他又十分执着，天天都留许多作业，到头来他却只知道教师用书后的正确答案是什么，而不知其原理，搞得我们苦不堪言。总算我天天认真自学，一直没有把成绩落下。

　　而英国文学课这段时间正在学莎士比亚的剧目。莎翁用词之艰深连美国本土学生都难以理解，偏偏Ms.Heidi为了让我们领略莎士比亚的另一面，让我们自己选学什么剧目，有最浪漫的，最艰深的，最血腥的……年轻人的好奇促使大家选了莎翁最受争议的剧目《Titus》（提图斯），剧情讲述了古罗马将军提图斯大胜而归，被俘虏的敌国皇后却魅惑了当政皇帝，而迫害提图斯一家，最终迫使提图斯走向复仇的故事。大家每天都分角色读剧本，我为了更好地理解课文，还下载了原著改编的电影。最后终于顺利通过了该章的考试，并完成了论文。我的题目是"提图斯的悲剧——荒诞的梦魇"，通过对提图斯和其仇敌两个阵营的不同角色的性格分析，论证了悲剧是他们共同造成的，同时也用此阐释了尽管剧中充斥着许多扭曲，血腥，甚至些许变态的情节，却并不令读者对人物感到同情的道理。也就是说，这些"罪有应得"的各个角色的悲剧聚集在一起，事实上更像是一组荒诞剧。最后，因为我对剧目独到的分析，这篇论文还得到了老师的好评，令我颇有些得意。

　　通过自学，我的美国历史终于追上了其他人，在12月初发下来的粗略计算的第二个学季（Quarter）的成绩单中，我取得了良好的成绩，对我的大学申请想必也会很有帮助。

美国政府（American Government）：94

统计学基础（Elementary Statistics）：100

英国文学（British English）：99

圣经（Understanding Times）：100

健康（Health）：100

美国历史（U.S. History）：100

　　而另一方面，我的申请过程也终于接近尾声。十几所学校的作文和申请表格都快完成了，至于国内的财产证明，成绩单，推荐信等，父母在国内也操了不少心，给我把必需的材料都用特快专递寄了来。再拿到本校的推荐信和成绩单，就可以趁着圣诞节大学放假前寄出去了！虽然一个人准备很苦很累，憧憬未来时，却也很欣慰。

　　上次SAT的考试成绩只有1730分，很不理想，可是已经没有再考第二次的余裕了。所有的申请工作都最好在圣诞节之前完成。在12月7日，我又参加了托福考试，虽然时间紧，没有来得及复习，但这次发挥正常，全程考试我都专心致志，这样不论结果如何，都无愧于心了。也希望能有好成绩弥补SAT的不足。由于对自己成绩的把握不大，也不知道象自己这样的水平究竟能上什么样的大学，更没有发现大学的录取对在美国留学的中学生有什么优先的考虑。为了保险起见，我在原来申请的4所大学的基础上，又将5所大学的名字增加到了我计划申请大学的名单上。它们是锡拉丘兹大学（Syracus University排名50）、俄亥俄州立大学（Ohio State University 排名57）、印地安那大学（Indiana University排名70）、密歇根州立大学（Michigan State University 排名71）、明尼苏达大学双城子分校（University of Minnesota at Twin City 排名71）。

　　12月13日是南京大屠杀纪念日，然而当我向校长，老师和同学述说时，他们却都很茫然。于是我注册了美国学生常用的Myspace（类似于博客，个人空间），在上面宣传东方在二战时期的惨痛历史真相，告诉他们受害的不只是犹太民族，迫害者也不只是纳粹德国。希望我这个海外学子能为祖国做一点贡献。

期末虽然紧张，却不乏乐趣，生活或许就是这样在忙碌中找寻喜悦吧。

附："提图斯的悲剧——荒诞的梦魇"原文

The Tragedy of Titus Andronicus—an absurd nightmare

Titus Andronicus by William Shakespeare is considered by many to be one of the bard's darkest plays. It depicts a fictional Roman general engaged in a cycle of revenge with his enemy Tamora, the Queen of the Goths.

In this play, there are many violent plots about the sad fate of different roles. However, to my surprise, I did not feel sorry about those people in the story at all. On the contrast, I sometimes even want to laugh. Shakespeare's unbelievable talents and the strange tastes of people in his era can be found and felt in this play. Revenges and violence, traps and sins, tears and blood, these bad things stimulate readers whomever they happened to. In my opinion, the reason of this interesting situation is that there is no person in "Titus Andronicus" is worthy to love and show mercy to.

First of all, let's see the side of Titus. Titus Andronicus, the Roman general, looks just like a paranoea. He followed Saturninus stupidly and

99

even killed his own son because his son tried to prevent him from giving engaged Lavinia to the King. Marcus Andronicus, the Tribune of the People, and brother of Titus, is the only person who has never been hurt directly in this play and he is weak and passive all the time. He is just a tool to help Shakespeare express the how story and can never catch the hearts of readers. Titus four alive sons, Lucius, Quintus, Martius, Mutius, are as pale as their uncle. Lucius was just banished, which is so lucky comparing with his other relatives' suffering. As Titus said in the play, "happy man! Thy have befriended thee. Why, foolish Lucius, dost thou not perceive. That Rome is but a wilderness of tigers? Tighers must prey, and Rome affords no prey. But me and mine: how happy art thou, then, from these devourers to be banished!" And he then got his own army together, which is the key of this play's background that helps a "U turn" happen to this story. He is so "lucky" in this play that he is the only survivor of main roles in the end.

However, his three brothers died for "nothing"; Mutius was killed by his father; Quintus and Martius died for Aaron's tricks and even had no chance to say anything before their deaths excepting leaving their heads to their noble father. As for Lavinia and her husband, Bassianus, they are innocent. Nevertheless, they are too thin and weak just like they suffered for only pushing forward the story. It is true that they should be showed mercy on. However, no readers will show emotion to roles without "blood and flesh".

On the other side of Tamora, I cannot pity for them either. Those people are evil, so when I read how they were tortured I will not feel sorry at all. Tamora, the Queen of Goth, show her great motherhood at the beginning while begging to Titus for his first-born son's life. At that moment, she was a pitiful woman. After that, she became insane about taking revenge, which makes her looks disgusting. The plot about her telling her sons to rape and kill Lavinia really makes me sick. As for Tamora's two stupid and evil boys, they are not full at all and similar with the paleness of Lavinia. Both Chiron and Demetrius are just like animals. They had only desire but no thoughts and finally became Aaron's "myrmidon" even their mom "had been done by" Aaron. Another important role who was on Tamora's side is Saturninus. He is an egomania who wants to be a good emperor and he cares about the people's love very much. However, he is just a clown who was always deceived. In the end, he did even not get everything clear.

Aaron the Moor, who is the most interesting role of this play in my opinion, is a kind of person I had never seen in any literature. He should be analyzed independently because he is so special--purely evil without any reason. We can know all about his personality by his saying " Even now I curse the day—and yet, I think, few come within the compass of my curse,——Wherein I did not some notorious ill, As kill a man, or else devise his death, Ravish a maid, or plot the way to do it, Accuse some innocent and forswear myself, Set deadly enmity between two friends, Make poor men's

101

cattle break their necks; Set fire on barns and hay-stacks in the night, And bid the owners quench them with their tears. Oft have I digg' d up dead men from their graves, And set them upright at their dear friends' doors, Even when their sorrows almost were forgot; And on their skins, as on the bark of trees, Have with my knife carved in Roman letters, 'Let not your sorrow die, though I am dead.' Tut, I have done a thousand dreadful things as willingly as one would kill a fly, And nothing grieves me heartily indeed but that I cannot do ten thousand more." However, Aaron is not absolutely evil. He directed all the story of this play but was caught by Lucius because of his child. I do not know how to analyze this till now.

In a word, there is nothing pathetic in this play because all pitiful roles are empty and pale, all evil roles are crazy and abnormal. As for some "normal" people as Titus, they are not welcome either. Different personalities of different kinds of people make all evil deeds look so funny.

"Titus Andronicus" is full of ambivalent and abnormal people and situations that are motherly and sluttery, pride and deceived, animalized and stupid, evil and fatherly, wise and tricked, innocent but tortured. Maybe it is neither a tragedy nor a comedy and we should just see this play just as an interesting and absurd nightmare of Shakespeare.

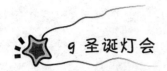 9 圣诞灯会

12月上旬，为了迎接圣诞节的到来，Debbie组织所有国际学生到查尔斯顿的James Island赏灯。

我们来自Grace Christian Academy的学生乘校车来到James Island的公园时，已经是下午4点多了，Debbie让大家先去划船，晚餐要等到傍晚才开始，最后是赏灯。这次活动，上次参加国际学生Orientation的人似乎都来了，那个Georgetown High School的中国女孩，和Pinewood High School的挪威女孩Ane，还有 Eddie的侄女CJ也在其中。大家先到湖畔的办公楼里付了租金，之后排队上船。所有船都是双人的，我和Wojciech一起划，穿上救生衣，在工作人员的协助下稳稳坐上了黄色的塑料船，开始了在美国又一次泛舟的体验。本就不平静的湖面因为我们的到来更增了几缕波澜，宁谧的空气也被不时的嬉笑声搅动开来。

这个湖呈"U"形，虽然不算大湖，但小小的脚踏船要想绕湖一周却也要花不少功夫。最开始，大家都聚集在"U"字的一端，互相拍照，驾船对撞，玩累了以后，我和Wojciech打算沿着湖岸驶一圈。"U"字内岸上长着密密麻麻的灌木丛，许多枝条都探到了湖面上，形成了天然的遮阳伞，外岸则生着许多参天大树，别有一番天地。我们就这样不紧不慢地踩着踏板，任明媚的阳光时不时钻过枝叶的缝隙洒在身上，惬意极了。

傍晚时分，大家一一返回，之后在一间大木屋内集合。这些木屋

都是供来此的游人租住过夜的，Debbie等组织者，租了两间。屋里的大餐桌上摆满了美味的食物，一次性的餐盘餐具就在桌侧，每个人自助用餐。饮料也有多种选择。盛好晚饭后，多数人都出屋在外面站着，边聊边吃。晚饭过后，在Debbie的指导下，我们在木屋旁的空地上支起烧烤架，开始烤棉花糖。用这种方法烤制出来的软软的棉花糖吃起来也别有风味……

夜幕终于降临了，Debbie等人启动了汽车的发动机，学生们分批上车，我和CJ，Summer属于最后上车的一拨，坐在一个大板车上，板车连接着前面的卡车，再算上卡车上的五六个学生，我们这一批总共有十余人！卡车跟着前几辆车开动了，晚上的公园道路两侧的彩灯都闪烁了起来，有恐龙、精灵和圣诞老人。还有一些是商家做的广告。另外，不少巨型彩灯在巧妙的光电配合之下，展示了"小朋友玩跷跷板"、"圣诞老人打高尔夫"、"圣诞老人驾雪橇"等动态画面，令我们大饱眼福。可惜的是，由于光线和我们本身在移动的原因，对彩灯的拍摄效果并不理想。

赏完灯，大家来到礼品店闲逛，楼上是餐馆和咖啡厅。一番休整之后，夜色已深，大部分其他学校的国际学生都已离去，我和剩下的学生们互相合影留念，可最后终于免不了说再见。在回家的路上，大家都关上了话匣子，许多人都睡着了，我静静的坐着，脑中空空如也，竟也渐渐生了困意。紧张的学习工作后，突然放松，带给人们的往往就是这种疲累却快活的催眠作用吧。

10 申请大学之苦

第一学期下半段的生活，可以用手忙脚乱，焦头烂额来形容。不仅学校的功课多得令人喘不过气，托福，SAT考试也牵扯了不少精力。虽然其间的课外活动帮我缓解了不少压力，但申请大学这件关乎我命运的人生大事必定要让我殚精竭虑，为了前途而奋力一搏。

数不清的表格，证明，都要费时去分门别类地填写和准备。关于格雷思学校的老师们的推荐信问题，以及需要他们填写的资料，我也要逐一与他们交流沟通。国内的材料则由父母寄过来，我再整理寄出。同时还要和所有申请的大学保持联系，对我所寄出的材料是否被大学签收进行跟踪。而且由于我没有打印机，许多材料都需要借用学校的打印机，弄得校长很不高兴，以至于最后我不得不为每一页打印材料付10美分的费用，虽然钱并不是什么问题，但是厚着脸皮，看他人颜色的情境却着实令我不大吃得消。另外因为我没有车，去邮局签收信件，寄送材料通常要步行，而Ladson这个位于市郊地带的小镇，几乎人人开车，亚裔居民也少得可怜。因此每次我沿着学校旁的78号高速公路往返于邮局与住处之间时，总不免成了"异类"而引人侧目。

而在国内许多准备出国的同学却轻松得多了，我认识的许多人，都从高二暑假开始，算上开学后休学在家的时间，足足用四个多月复习英语，然后考托福和SAT，生"憋"出来的成绩，无论如何也对得起付出的时间啊。学校方面，又大多乐意为他们"锦上添花"改成绩，这样一来，人人都成了校内的超优等生，校外的英语健将。而申请事宜，他们则交给了"勤勤恳恳"的中介公司，自己就此"高枕无忧"了。还可以学习美国的AP课程（一种大学预备课程，参加专项考试后取得的成绩可以在上大学时抵相应的学分），另外一些人，已经开始四处游玩了……

我心中对此很不平衡，可种种的无奈都比不上别人的误解造成自己心灵上的阵痛来得难受。当地的美国学生通常就近选择大学，离学校不远处的Charleston Southern University（南查尔斯顿大学）就有不少GCA的校友。还有一些人，高中毕业后直接工作。例如我同班的好友Troy就已经是一名兼职消防员，毕业后就会正式加入查尔斯顿的消防大队，另外几名同学也有参军的打算。在他们看来，大学的质量，名次似乎都不重要。老师们也不太主动关心学生的大学申请工作。注重这方面事宜的只有我和几个同届的韩国学生，而他们的目标最高也只在University of South Carolina（南卡罗来纳大学，根据US News排名，是2008年在美国排110多位的大学），每人也就申请3到4所大学。至于我，虽然背负着父母巨大的希望，可因为托福和SAT成绩都不尽如人意，而不得不依照排名由高到低，申请了10余所大学。面对如此繁重的工作，我不得不请假暂时不参加篮球队的训练，不得不恳求平时只给学生准备两份成绩单的学校，为了我寄出十余份成绩。更不得不面对教练的不满，校长的质疑，老师的费解，还有家长的催促。我这时才明白，价值观的差异，年龄的代沟，会在人与人之间造成多么巨大的隔阂。然而我心中郁结的苦恼、考试不利的失望、紧张的课程与考试，特别是大学申请工作带来的巨大压力，又有谁真的关心，真的明白？这一切，只有自己

来承担。

　　终于在临近期末的时候，我到了崩溃的边缘。这天放学后，我来到主办公室与校长谈论成绩单的问题。在中国，通常85分以上的成绩是优，75分以上是良，60分是及格线。而我所就读的高中，北京师范大学附属中学，有着所有中国重点中学的特性——平时的考试偏难，学生分数较低，因此最重要的往往是年级里的排名，成绩倒成了次要。然而，我在美国就读的GCA，考试中93以上才是A，可是它竟然直接把我在国内的高中成绩，按照当地的标准转化过去，因而得出的GPA(一种综合成绩的衡量方法)并不高，而这对于我的大学申请将非常不利。我虽然极力向校长解释，他却不为所动，尽管身为我升学顾问的Ms.Heidi也为我帮腔，仍旧无济于事。我申请名牌大学的期望突然之间变得渺茫了，对我来美国所做的一切努力来说，这似乎是扼杀全部付出的致命一击。

　　然而，理智告诉自己，我不能退却。于是我只得另辟蹊径，自己给所有申请的大学写信说明情况，并整理好国内的高中成绩单等资料。为此，当晚一夜没睡，这也直接导致了我次日美国政府（American Government）和健康（Health）的期末考试发挥不佳。管不了这许多，放学后，Mr.Terry答应送我去邮局，可我等到4点多他还没准备好，问了Ms.Gloria才知道原来他在洗澡。想到邮局5点关门，我赶紧拿好备齐的资料，疾步向邮局赶去。到了那儿，邮局已经快关门了，我在一叠大信封上分别填写好地址等信息也花了不少时间，其间向催促的工作人员赔笑道歉不必细表。总算都准备妥当了，可是付款时，当天刚在学校还用过的信用卡却突然出了问题，被"Declined"（拒绝支付）了。无奈之下，我只得怀着满腔愤怒把资料带回家。出了邮局，天已经黑了，我走在只有我一个行人的路上，感觉似乎来往车辆中的人都在注视着我，此刻我真是欲哭无泪，竟有种放声苦笑的冲动……

直到圣诞假期前，最艰苦的时刻才算过去，我终于成功完成了大学的申请工作，也在期末考试中取得了较好的成绩：

美国政府（American Government）：91

统计学基础（Elementary Statistics）：100

英国文学（British Literature）：96

圣经（Understanding Times）：99

健康（Health）：96

美国历史（U.S. History）：99

这样一来，我第一学期的总成绩，除了美国历史91是B以外，别的科目都如愿得了A。回头看这阵子的不顺，心中释然了。一切烦恼，不论是好事多磨还是自己时运不济，我们只能尽量想办法解决；走过这一段路，往日犀利的棱角也似乎磨平了，或许这就是每个男孩人生路上必须面对的一课——妥协。 而看着我自己从绝望边缘爬起并再度奋进的足迹，我也感觉自己成熟了很多，终于明白了成长中最重要的东西——拼搏！

11 大麻

连续一周了，Colin一直没有出现，这个才转来半个月的9年级学生，与我同上一节健康课，怎么突然消失了呢？向周围同学一打听，我才知道他被学校kick out了。

原来他在学校里倒卖大麻，被校方发现后开除了。与他有过交易的韩国学生Sub也被遣送回国。我这才意识到，原来毒品就在我的身边！之前通过各种新闻报道，我只对海洛因、冰毒、白粉等我国严厉打击的毒品种类有一定的概念，对大麻却一无所知。在其后与好友Colby，以及校长本人的闲谈中，我才对神秘的大麻有了全新的认识。

按照Colby的言论，大麻是天然的植物体，尽管美国政府宣传吸食大麻是有害并且上瘾的，但比起含有尼古丁的香烟以及让人酗酒的酒精，纯天然的大麻没有化学物质依赖性，反而更"健康"。而且大麻还具有一定的医学价值，可以起到止痛作用，效果类似"吗啡"。按他的理论，大麻完全就应该合法化，持阴谋论的Colby还认定美国政府之所以禁止吸食大麻，完全是基于经济利益，令可以作为很多产品原料，并且成本很低的大麻不得被广泛种植，以此保护利润更丰厚的烟酒产业。他还透露，平时他经常和朋友一起抽大麻，甚至他的父母也偷偷吸食大麻。大麻合法的荷兰也一直是Colby梦想要去的国度。

抱着半信半疑的心态，我在晚饭后找校长聊了起来，他虽然回避了大麻是否有害的问题，但是坦诚地告诉我，在美国吸食大麻确实很普

109

遍。通过上网搜索，我惊讶的发现，42%的美国人至少尝试吸食过一次大麻，而20%的美国人在15岁前就接触了大麻！校长还告诉我，在美国的许多州，都有人提出大麻合法化的议案，不过一直未能通过……

尽管最终也没对大麻有任何真切的认识，我还是决定远离它。至于其好坏，还是留给别人去评说吧。毕竟这是违法的勾当，作为留学生，在这种是非问题上还是要秉持正确观念的。生活在这么一个大麻"普及"的国度，我只能自己小心，洁身自好了。

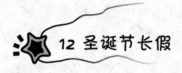

12 圣诞节长假

12月20日，为期约两周的圣诞节假期终于开始了。我21号在Summervile的电影院泡了一天，狠狠地放松了一下，看了三部电影：I Am Legend（我是传奇），Golden Compass（黄金罗盘），和Sweeney Todd（理发师陶德），晚上8点才被Ms. Gloria接回家。住校的国际学生中，Wojciech, Leilei和Frank都利用长假各自回国与家人团聚。Oh来美已是第二年，他这次圣诞去密歇根看望他去年的接待家庭。剩下的学生也都被Debbie分配了去处，多是和学校周围的志愿者家庭共度佳节。Holiday House的男孩们，以及Fowler家庭负责的Summer和Kim自然也与他们的家庭一起行动。至于我，则将和Eddie还有韩国学生Woo一起到纽约、华盛顿特区和费城旅游，真是令人期待万分！

21号，Eddie来学校接我和Woo，我俩也是圣诞最后离校的学生了，带上证件，钱包，关上门窗，再与Mr.Terry和Ms.Gloria告别。他俩将会坐游轮出海享受甜蜜的二人世界……约两个小时后，Eddie载我们来到他在New Berry的家。

头两天，我和Woo都跟Eddie一起张罗教堂的事宜。23日晚，那里举行了圣诞晚会，居住在附近的教友们，还特意为我们两个准备了糖果、记事本等礼物。Eddie的侄女Cj和Alison还在节目中引吭高歌，大家都沉浸在节日温馨而喜悦的气氛中。第二天下午，Eddie驾着轿车，载我们启程了！先到他的教子家串了个门，之后正式上路。

长途驾车实在是很累的一件事，我光是坐在副驾驶座上，就闷得慌。后排的Woo一直在睡觉，我实在担心Eddie也生了困意，在高速路上连夜疲劳驾车，可不是闹着玩的。也为了给自己解闷，我一路与Eddie攀谈。聊天的话题，从他的初恋到中国的教堂结构，跨越了时间与空间，如此这般，倒也没有倦意。傍晚时分，我们抵达了北卡罗来纳的夏洛特，我请客给大家买了晚餐……夜深了，公路旁的树丛中偶尔还会有小鹿探出头来，像是在提醒我们注意安全，北卡的这段高速公路没有路灯，全靠车灯照明，确实需要司机集中精力驾驶。Eddie打开收音机，全是平安夜的特别音乐节目。午夜3点多，我们到达了弗吉尼亚州，找了个停车场，Eddie在车上小憩，Woo还是睡得很熟，我去附近的一家星巴克买了三杯咖啡，带回来和他们一起喝，就这样歇了半小时，又再度启程。凌晨5点多，我们终于上了费城大桥，周围的世界也变得灯火通明起来。远处地平线上是一排排不眠的建筑群，看着这一切，整个人也振奋了。

6点多钟，我们到达纽约市。先找到预定好的位于23号街第七大道的Hotel Chelsea。这家四星级酒店位于纽约市曼哈顿的心脏地带，历史悠久，充满了艺术气息，许多名人都曾居于此。著名摇滚乐队"性手枪"的主唱就神秘地死在了这里……放好行李后，我们到附近的一家糕饼店吃了早餐。香浓的咖啡，松软的面包，驱散了大家的睡意。饭后闲逛在第五大道上，可能由于今天是圣诞节，也可能因为时辰尚早，店面基本都没有开门。于是我们进入附近的地铁站，买了类似于"一卡通"的交通卡，乘地铁到中央公园游玩。在那里，我们雇了一辆三轮车，车夫带着我们在面积广阔的公园内绕了一周，悉心介绍了各处景点的典故和趣闻，我才知道有似曾相识之感的中央公园正是众多电影商家的心头爱，无数经典桥段都在此上演，比如《蜘蛛侠3》中Mary Jane和Peter Parker说分手的那座桥，就位于公园内。而这四周的楼盘也是各界名流争相购买的商品，麦当娜曾两次欲购买附近两处建筑的顶层而不可得，最终在第三次尝试时满足了心愿。后来我和Woo又步行领略了一次这里的风光，拍了许多照片留念。晚上我们到时代广场，那里的人们摩肩接踵，远远望去好似一片喜悦的海洋。商家们争相在这里炫示自己的广告，只有最有实力的公司，才能在这黄金地段分一杯羹。我们走走停停，沉浸在节日的气氛中。可是由于游客太多，所有的餐馆都爆满，最后我们只得回酒店，在附近的比萨饼店吃了晚饭。第一天的行程也告一段落。

26日我们9点来钟才起床，早餐后我们来到自由女神像的售票处，却发现买票者排成的长队，竟看不到头。在那儿工作的一位好心的清

洁工发现了我们的窘境。劝我们第二天早上8点来买票，那会儿一个人都没有，买完票后，很快就能赶上最开始的几班驶向Liberty Island的轮船。谢过他之后，Eddie提议先坐往返于曼哈顿和State Island的轮渡，从远处看看自由女神像，我和Woo当然欣然同意。站在轮渡上，冷风吹得人直发抖，但是曼哈顿沿岸的摩天大楼建筑群，海中向人们致意的自由女神像，以及天上的直升机和雾蒙蒙的天气特有的迷离，都吸引着我拿起相机拍个不停,顾不上手被冻僵。回到曼哈顿，我们参观了华尔街。纽约证券交易所和美国证券交易所都张灯结彩，透着宁静与祥和，却不知平日里，几多人在此为金钱"拼杀"。临近傍晚，我们走到了Ground of Zero，也就是9.11恐怖袭击事件后留下的世贸中心的废墟。这片地正在施工，按效果图看，是要建一个五座建筑的建筑群。世事变迁，令人唏嘘。当晚我们把时间基本都花在了Century 21 Department Store, Macy's, Saks The Fifth Avenue等名店之中，大幅打折的名牌商品琳琅满目，我们也收获颇丰。

27日一大早，我们就购票乘船来到Liberty Island，买票时我特意选了Audio Tour，可以领取一个语音播放器和配套耳机，边听对景点的介绍，边参观相应景点，在绕了岛屿一周，同时了解了自由女神像的来龙去脉之后。我和Woo进入了神像内部。其基座是个博物馆，陈列了许多雕像部件并解释了雕像的构造，历史等。最后乘电梯到达雕像脚底部，参观其内部的楼梯却被封闭了，只能隔着玻璃天窗，一窥空心神像的内部风采。午饭过后，大家来到Ellis Island。岛上是老的移民局，现在变成了博物馆，跟随Audio Tour的解说，我参观了这里。当年移民的悲惨与辛酸，美国梦的缥缈与魅力，也令我感受颇深。待我们游览完Ellis Island，已经下午5点多了，乘船回到曼哈顿，我本计划晚上去百老汇欣赏我最爱的剧目：The Phantom Of The Opera(歌剧魅影)，可惜票已售光。于是我们一行人来到著名的帝国大厦，Eddie由于已经来过，便在大厦一层的餐馆休息。我和woo到了大厦顶部，走到外围，虽然寒风刺骨，但纽约夜景尽收眼底的感觉却分外令人着迷，在塔顶绕了一圈又一圈，感受着这个不夜城的脉动和气息。顶部建筑内是礼品店，临走时我们都买了些小玩意儿留作纪念。回到地面与Eddie会合，他竟然定好了一辆加长卡迪拉克，这可是我第一次坐豪华礼车，兴奋极了。留影过后，司机把我们送到了洛克菲勒中心，其溜冰场早已关闭，我们在大街上散步，聊天，其乐融融。走累了，就坐地铁回到酒店。

　　28号上午，我自己去时代广场和洛克菲勒中心补拍了许多照片，中午Eddie带着我们一行人直奔费城。车开了2个多小时，到达了费城的著名景点Liberty Bell（自由钟），我和Woo与Eddie约好下午5点半在此见面，就分别了。由于Liberty Bell排队的人太多，我带着Woo在附近游览，虽然没有到什么著名的景点，却感受了费城特有的古典老工业城市的气息，当然还有代表费城的本杰明·弗兰克林的魅力。离FOX电台不远处的一尊弗兰克林雕像仿佛在默默地诉说着这位伟人的功绩。走马观花地游览了费城之后，当晚大家来到华盛顿特区旁的卫星城"Crystal City"的Haytt Regency(凯悦酒店)入住。

　　最后一天，Eddie早上送我俩来到位于华盛顿市内的托马斯·杰斐逊纪念堂（Thomas Jefferson Memorial），约好中午会面后，我们俩就开始参观。从杰斐逊纪念堂到第二次世界大战纪念馆，再到林肯纪念堂，朝鲜战争纪念馆和越战纪念馆，不知不觉间，几个小时过去了，我和Woo就这样沿着华盛顿特区的中轴线游览了许多世界闻名的建筑。对比纽约的时尚，费城的古老，华盛顿更显庄严。大理石建造的纪念堂，承载着美国短暂,却不平庸的历史。与Eddie会合后，我们又参观了罗斯福纪念馆。午饭过后，Eddie把车开到白宫附近的街道旁停了下来，我和Woo远远地隔着栏杆"参观"了白宫，也顺便看了看另外的一些市政部门，如财政部和市政厅的外景等。最后我们来到华盛顿纪念碑。留影过后，一行人驶上了回家的路。五天的圣诞之旅就这样结束了。

　　这次纵穿美国的行程，也丰富了我的人生。首先这是我在美国第一次长途旅行，游玩了许多著名景点。而且驾车自助游，对我来说也是头一遭，非常新奇，Eddie对我和Woo照顾有加，真应该好好感谢他。圣诞长假也接近了尾声，这个圣诞节所经历的有趣的一切永远留在我的心中，也将融入我未来的生活里。

第四章
成长的脚步

1 当助教

新学期开始了，我光荣地成为了一名助教！

事情的经过是这样的，在新学期里，我每天的课程按时间顺序分别为：经济学（Economics），统计学基础（Elementary Statistics），英国文学（British Literature），圣经（Understanding Times），人类与社会学（Anthropology and Sociology），美国历史（U.S. History）。原先的美国政府（American Government）和健康（Health）已经结课了。然而第五节的人类与社会学由于选修的人太少，竟然被取消了。大部分学生都被安插到别的课堂，我却被遗漏了。好在我数学成绩优异，而学校由于Ms. G的不辞而别，初高中的课程只能由校长代劳，因此他建议我在第五堂课时到数学教室当助教，教八年级学生数学，也可以抵学分，如此新奇的事，我当然毫不犹豫地答应了。

新学期开学的当天下午，第一次"教师"体验开始了。校长在课前让我浏览了四本教师用书，分别是教师版教科书(与学生用书内容一样，但是课后习题印有答案)，习题册，习题册对照答案，以及课程安排细目。只要按照这四本书进行教学，布置作业并定时验收，就基本完成了助教的任务。似乎并不是什么难事。

可当学生们逐渐进入教室时，坐在白板（这里教室都用白板，老师用黑笔和彩笔写板书）旁边的我却仍不由得紧张起来，等学生到齐后，校长先对我的情况进行了说明，告诉学生们，他们八年级的所有数学问题，都可以问我，并且一定有问必答，学生们都很开心。之后我开始自我介绍，略微绷紧的神经也随着孩子们友善的态度而放松下来。至于最开始的课堂内容，由于Ms.G离开前为了赶课时，漏掉了许多基础课程，所以一向办事严谨的校长让所有学生把之前漏掉的课用一周时间补齐，而学生们的进度又都不大一样，因此的确需要一周的时间让大家重新齐头并进。我则在这段时间内熟悉课堂操作并负责答疑。

八年级的数学课内容属于比较初级的水平，学生们的问题通常是如何处理正负数的加减乘除法，乘方，开方等。虽然知识浅显，但要想明白的向他们表述解释清楚，却也颇需耐心与功夫。班上有11个学生，5名男生，6名女生。其中第一组的Morgan和Ashley悟性最好，进度也最靠前。当许多人都有问题时，她们还会偶尔充当我的助手，帮助答疑。临下课时，我会依照教师用书的安排布置作业，还有模有样地签每个人的日程表（Agenda）。第一天的课程非常完满，我和校长都很满意。

此后，每天课前我都会检查学生的作业，并记录他们的作业完成情况以及是否迟到早退、缺勤等。授课则通常是校长进行，他有事不在时，我会代课，或者让学生自习并对他们进行答疑。另外，我还要负责从习题册上复印试卷并判分。根据课程安排细目，每周学生们都会有一到两次Quiz，每两周可能有一个Test，我会依据习题和课堂所学知识内容给学生列考试提纲。凡是认真抄写并按照指导复习的，基本都能有好成绩，但有些学生却比较懒惰，对分数不大放在心上，这也让我对美国学生的学习态度有了更全面的认识。在他们不少人看来，分数并不重要，这心境可要比我在国内的状态豁达得多了，虽不一定可取，却也让我更深刻得感受到"分数不代表一切"的道理。

每天临下课的最后几分钟，我通常都会和学生们聊成一片，也结识了不少"小朋友"。他们对中国的许多事物都感到好奇，比如说查尔斯顿由于是美国的历史名城，有法律要求建筑的高度不得超过一定限度，因此当我对他们讲起在北京不住House，而住在二十几层楼的Apartment时，令他们非常惊讶。而这些孩子，也常常给我带来新的观点，使我了解美国小孩的日常生活与心理。

我告诉所有学生，如果有课堂上无法解决或想不通的问题，在下课时告诉我，我会在放学后回到数学教室对有问题的学生进行补课。尽管校长要求他们给我每小时10美金的补习费用，我却坚持没有收过。能够和这些小朋友们相处，我感到很快乐，如果这种原生态的相处被金钱所干扰，反而得不偿失。

一个学期下来，我与学生们建立起了深厚的友谊。助教的经历也令我获益匪浅，同时我也衷心祝愿这些孩子们在今后的学习之路上再接再励。

2 新学期新气象

到美国后，我还一直没有理过发。上学期每天早上都用发腊等对头发进行打理，让人看上去比较精神。可是圣诞长假过后，光是前面的发梢长度就已经几乎遮住了眼睛，与新学期的氛围似乎有点格格不入。于是在校长的推荐下，我和他一道去Mall的发廊理发。

其实我对美国发型师们在亚裔学生圈子中声名狼藉的理发能力早有耳闻。所有曾去过学校附近的理发店的学生，均表示美国理发师完全不会打造亚裔的发型。他们手艺不佳也就罢了，造成头发长短参差可以说是技术不到家，可以练习，熟能生巧。可是发型设计的平庸，甚至可怖，根本就是发型师质素问题了。在国内，理发还需要有资质和等级要求；在美国，却竟是手艺不佳者当道。真正善于发型问题的专家，都成了好莱坞明星们的造型师，收入甚丰。而白人、黑人大多与亚裔天生异质，他们的头发多为卷发，处理方式也与亚裔学生通常拥有的直发不同。另外男士和女士在理发上得到的照顾也不相当，许多男士们通常都会随便理个头，由于多是卷发，看上去倒也不显得突兀。可是天生直发的人往往难逃厄运……

不过校长推荐给我的那家店算是本区域最好的一家了，价钱也贵，单剪头就要22美金，还有发型集子可供客户选择，我选了一款时尚男士短发，谁知道为我理发的女子手中的"作品"却全不是那回事儿！虽然当时我坐在椅子上并且摘了眼镜，但隐约还是能望到镜中的自己，发型并不是我要的效果，心中不由得暗暗叫苦。待得她最后一剪之后，我戴上眼镜，一种绝望感油然而生。由于她整个过程都只用剪子，因而我的鬓角，前面的头发帘都被齐齐横着截去，仿佛男性化的"埃及艳后"发型，那一刻，我泪流满面。校长虽然嘴上说好，但实在猜不透他心里作何评价。无奈地付款后，我发誓再也不让无能的理发师毁坏我"数学助教"的公众形象，一个计划也逐渐在心中成形……

回到家，我拿起剪刀，刮胡刀（我的刮胡刀附有剃鬓角的刮刀），到二楼找Hunter帮忙，"自己动手，丰衣足食"。我负责自己脑袋两边的头发的修剪，他则帮着理后面我看不见的部分。终于在他的帮助下，我成了脑袋两侧近乎光头，中间却有"漏网之发"的英国朋克乐者，这样的造型比原来还要不妥。无奈之下，我做出了不能回头的坚忍决定——剃光头。于是Hunter和我又忙活起来。不多久，头顶已经只有一些短的碎发了，最后用剃须刀把头顶剃得精光，完美的秃瓢便这样诞生了。

第二天，我的新"发型"竟然在学校引起了轰动，许多人说我像"圣雄"甘地，令我哭笑不得。不过头发总会长出来，尝试一下新鲜倒也不错。最让我无法接受的就是"戴"着愚蠢的发型到处走，对我而言宁缺毋滥的原则，在理发中同样适用。

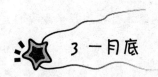

3 一月底

1月20日周一，是美国的"马丁·路德金日"，纪念伟大的黑人领袖马丁·路德金，所有人放假一天。因此我们住校生赶上了一个周六休至周一的长周末。

周六，Debbie组织大家去South Carolina Aquarium(南卡罗来纳水族馆)游览。当天细雨蒙蒙，在去水族馆的路上，我们还顺道参观了Citatel Military College，这是一所美国著名的海军学校，为美国的海军重地查尔斯顿输送新鲜血液。我的班主任Mr. Coaxum就在这里完成了大学课程。事实上，许多经济拮据的美国学生都会选择加入军队，这样可以免费读军校完成本科学业，但同时也要服役。比如Mr. Coaxum每周就要到他所属的U.S. Army当地的基地进行服役和训练。Debbie开车带着我们在校园内兜了一圈，学校环境十分清丽，草坪上的坦克，大炮肃穆庄严。时不时看见几个学生，都头戴白军帽，身着蓝制服和白军裤，穿着极端整洁，仪态也让人感到一股子军人的威严，可见平时这里的纪律一定非常严。

出了学校，再行一阵子，我们来到了位于海边的South Carolina Aquarium。水族馆周围是一些查尔斯顿的纪念堂和博物馆。水族馆本身并不大，是一个两层楼高的大立方体。外围的水泥墙上涂着黄蓝相间的颜色，宛若一张巨幅水彩画，透着海洋深沉的魅力。检完票大家在正式参观之前，聚在一张蓝色背景画前，由工作人员拍摄了集体照，然后就分组游览了。馆内展出的各种鱼类和水生动物实际上并没什么特别之处。约两个小时后，大家基本都参观完了。我们去附近一家名为Ruby Tuesday的西餐厅就餐，一天的活动也告一段落。值得一提的是，回程途中，Debbie特意去08年美国大选的民主党候选人之一，Hillary Clinton在本地的工作室领取了一面小旗子，可以插在自家门前为自己喜欢的候选人做广告。她还给我们小普及了一下美国的政治知识，原来基督徒大多都支持共和党，但同样身为基督徒，她支持民主党的原因就不得而知了，或许因为Hillary Clinton是女性也未可知。

周日是Henry的生日。他邀请了我，Wojciech，Hunter，Leilei以及Mr. Terry和Ms. Gloria与他一起去Yokoso吃晚餐，庆祝生日。这次Yokoso之行，流程与我去年11月来此几乎一样，人却少了许多。相处日久，人与人间难免有矛盾，中国人与韩国人也有着隔阂。这些事情虽然令人不大舒服，却也无可奈何，只能顺其自然了。就我个人而言，还是尽量与每个人都保持好关系，虽然这样很累，不过也算是种锻炼。当晚我们一行人饱餐了一顿美食后，带着欢声笑语尽兴而归。

周一我睡到很晚才起，把作业都完成后已经是下午了，校长告诉我月底的"Fire & Ice"（火与冰）休学旅行已经基本准备完毕了，下周三和周五的教堂活动后会对我们参加的学生进行详细的说明和安排。另外他还给我带来了一个来自我申请的俄亥俄州立大学（Ohio State University）的大信封（所有寄到学校的信件都会被放到位于邮局的我们学校的"P.O.Box"内，校长每周去领取）。拆开来看，我被录取了！而且还有每年6600美金的奖学金！虽然心中希望我能接到更好的大学的录取通知书，但此刻心中有底，也就不会再焦虑了。又想到期待已

久的活动即将到来，我心中的喜悦实是难以言表。

4 "火与冰"休学旅行

"Fire&Ice"（火与冰）是个类似于布道宣传性质的基督徒集会，但主体是年轻人。对于我们这个基督教会学校来说，到田纳西的度假胜地Gatlinburg参加该活动是一年一度的惯例，大家还会在为期四天的旅行中滑雪游玩，这次的参与者约有五十人之多，其中有许多人都是第二次参加这个活动。

1月31日早晨大巴到达学校，大家把行李装车后，按年级从高到低的顺序依次上车。就位之后，这次活动的领头人Mrs.Joy介绍注意事项，然后分配房间。我和Wojciech，Rocky还有Frank一个房间，我还是chaperone，相当于是他们的监护人。他们去哪里都必须经过我的同意。路途比较遥远，一路上大巴的电视中播放了"加勒比海盗3"和"料理鼠王"，车上的老师同学们开始还都精神亢奋得聊天，到后来都是埋头大睡。

终于到了目的地，我们的酒店叫做Park Vista Resort Hotel，建在山顶上，有16层，背面还能跳伞，是Gatlinburg的名酒店。这次恰逢Fire&Ice活动，各地都有学校组团来这里入住。我们的房间号是604，但其实是在7层，因为大堂也算一层。酒店内装璜奢华，大家都是眼前一亮，乘电梯到房间休整之后，大家乘镇上的旅游巴士从酒店到当地水族馆下车，然后分组散开。我们4个一起逛了逛街。这是我第二次来Gatlinburg，所以街上对我来说并不怎么新鲜。我陪他们3个买了游泳裤，然后在回去的路上正好赶上末班车，幸运的避免了步行跋涉回山顶的旅馆。

晚上我、Wojciech和Rocky去酒店的游泳池游泳，互相摔跤，往泳池里翻跟头，玩得很开心。还遇到了许多别的年龄相仿的学生，通过交谈我们了解到他们也来自别的州的学校，想必也是冲着Fire and Ice慕名而来。快晚上11点钟，酒店的工作人员把游泳馆关闭了，我们也玩累了，到酒店的餐厅定了两份比萨饼和一扎Dr.Pepper，回到屋里一起用笔记本电脑看了经典恐怖片：The Fly（苍蝇），才纷纷睡去……

第二天一大早，我们就整理好行装去滑雪了。由于我是Chaperone，而且满了18岁，所以滑雪之前填表时，我这一组人表格上的Parent's Signature都由我代劳了。之后一干人先坐承载量约几十人的大型缆车到山顶，然后去领取滑雪专用的靴子，以及滑雪用具。我们4个之前预定的就是滑雪板（单板滑雪），待把其他物品放入租的柜子里，收拾好东西，并穿戴周全后，我们就一起出发了。一座大雪山映入眼帘，山脚下挤满了人。Wojciech从小就在波兰滑雪，算是老行家了，这次滑雪服都备齐了，我，Rocky和Frank都是新手，穿着牛仔裤就去了。于是我们求教于Wojciech，他先带我们坐缆车到雪山中段的一个人最少的大斜坡。让我们先面对着雪，倒着往下滑，学习最基本的下坡方法。说是滑，其实是双脚平行而滑雪板与下落方向垂直，这样单板往哪边偏，人就会往哪边滑，当人控制好角度，让单板的位置正好与下落方向

垂直时，只要力度掌握得好，就能定住。Rocky在Wojciech的陪伴下，虽然磕磕绊绊，但总算慢慢滑了下去，我却总是胆怯，眼看rocky他们已经快滑到山脚，我一狠心，就滑下去了，果然没一会就摔倒了，爬起来继续滑，然后又摔。当时的情景想必十分滑稽，但总算是到了头，心中再也没有胆怯了，我又坐上缆车，Frank却已经不见了，等了半天终于和Rocky,Wojciech在半山腰会合，才得知Frank怕摔，不想滑了。于是我们就三个人玩，滑了几次中段，我已经大有长进，大家就乘另外的缆车到山顶部，从山背的弯道往下滑，难度陡升，我这次又是狼狈万分，但却对滑雪产生了浓厚的兴趣，越摔越想滑。由于渐渐掌握了技巧，有时候滑的很快，也正因为刚掌握技巧，很不纯熟，在快速滑行中摔起来更狠，有几次甚至接连摔了好几个筋斗，眼镜也摔飞了很多次。Rocky更是一不小心摔进雪道旁的一条小溪里去，全身都湿了。我由于狂摔，浑身的雪水一化，也成了落汤鸡。中间小憩了一段时间后我们又回来滑。由于技巧太差，我还是狂摔，再加上渐渐疲劳，我也有些心灰意冷了，于是Wojciech建议从山顶滑到岔路，与原来正面的中段会合以降低难度，我和Rocky都觉得是好主意，但岔道和主道的高度差了5，6米，就像是一个巨型台阶，而且边缘没有栅栏，再加上刚看见有人受伤被救生员用担架送走，我几乎是磨过去的。不过之后的大弯道滑起来太爽了，变向也熟练了很多……

我们就这样从早上10点开始，一直滑到下午3点多，最后的一次滑行，我顺利地完成了岔路部分，最后的路程也很顺利。可是当我们把用具归还，踏上回程时，才真正感受到身上的酸痛以及雪水融化后浑身湿漉漉带来的不适。坐大巴回宾馆后大家争先恐后地洗了澡……

晚上所有人都去当地的一个大礼堂的Convention Centre（会议中心）进行Fire & Ice的活动，其实是Krystal Meyers和Jars of Clay的演唱会，前者是一个19岁新晋女艺人。后者则是有些历史的全男子乐队。两者在Christian Music（基督教音乐）界都颇有名气，许多歌曲也都很不错。

第三天上午还是在Convention Centre（会议中心）活动，在几个选拔出的Youth Leader（也就是教堂中的青少年领袖，他们往往是教堂乐队的领唱）的带领下，大家一起唱歌赞美上帝，然后是某个基督频道现场直播对Krystal Meyers的专访。

中午到下午4点前是自由活动，我们4个就一直逛街，Wojciech在Harley Davison买了一骷髅方头巾，中午大伙在一家名叫"Lineberger's Seafood"的海鲜餐馆吃了午饭，我点了一道厨师推荐的特价龙虾尾，附菜是炸蔬菜球，很好吃，价钱也不贵，4：30集合后全体人员前往另一个小城镇"Pigeon Forge"的"Dixie Stampede"观看表演。这是个集魔术歌舞等项目于一体的表演场所。大家先在等候室看预演，是一些乡村音乐的演奏。之后来到大厅对号入座。一大群人坐在环形看台上，中间是一个大空场，主持人出来介绍表演项目，大致就是把观众分成Southerner和Northerner，让我们分别给两队代表己方的专业表演人员助威，两队人员进行不同竞赛，其中也有很多观众互动的环节。在观看表演的同时，观众都有食物供应，最爽的是每人有一整只美味烤鸡。表演过程也很有意思，有赛马、赛猪和各种魔术、飞镖等，夺人眼球。

当晚又回到教堂，一个叫Micheal Rowan的有名的牧师来演讲布道。这人的演讲慷慨激昂，却又不失幽默，启程转折都颇有讲究，告诉年轻人怎样对抗诱惑，怎样成为一名合格的基督徒，其间穿插着各种他个人的事例，经历，以及许多巧妙的比喻，在场的观众无不折服，连我在内的许多无神论或"半无神论"者也都频频颔首微笑。可最后的场面就有些令人惊骇了，那位牧师让大家集体忏悔，顿时许多人都虔诚得跪倒在地，哭声四起，那牧师则在台上做祷告。当时我们几个坐在一起的非基督徒真是有些不知所措，足球场般大小的礼堂，似乎只有我四人不求忏悔一般，好不尴尬。诡异的场面持续了十来分钟，诸多扑到台前的人才逐渐归位，散场，我心中却似翻江倒海一般，觉得浑身都不自在。Wojciech和Rocky也和我有类似的感觉。这一晚，来自湖南的Summer也成为了基督徒，令我们这所教会学校的许多师生都感到非常欣慰。可我心中的困惑却更深了。何谓宗教？何谓基督徒？倘若要我成为一名Christian,我首先要研读圣经，但我只读过旧约的许多故事，新约部分实在是读不下去。可笑的是，许多所谓的Christian竟然对圣经的了解尚不如我，这又如何令人信服呢？另一方面，根据基督教的教义，只有信耶稣的人才能够得到救赎，才能上天堂。我的许多亲人和朋友肯定是无法变成基督徒了，我又岂能弃他们于不顾而在死后独"活"？Wojciech和Rocky对此也是颇多疑问。

次日上午，大家在Convention Centre进行了Fire and Ice的最后一次活动，中午时分，大巴载着我们驶向了回家的路。

5 孤单的春节

08年2月6日，是中国的传统节日春节之前的"大年三十"，然而我却独在异乡为异客，虽然没有每逢佳节倍思亲，但过大年这曾经每年最隆重的全国庆典今次却要冷冷清清地度过，让人不得不有一种凄凉之感。

2月5号晚上，也就是国内的年三十早上，我与家人通了电话，隔空拜了年，向父母和爷爷送去了祝福与问候。之后我又拨通了国内十几位同学和朋友的电话，竟有一大半都无人接听，想必是走亲戚，串门去了。我不禁又平添了一股孤独的意味。

6号还是照常上课，但Leilei，Rocky，Hunter 和Henry却躲在宿舍过年，不肯上课。最后还是被校长强制回来学习。他们虽然颇多抱怨，面临校长亲自下的命令，也无可奈何。我这天一切照常，在海外的第一个"年三十"就这样在平淡中逝去了。

想来，既然入乡随俗，我也不应有什么失落。只是作为一名刚出国的海外游子，有时候实在难以割舍乡愁，以至一度陷入其带来的情绪低潮。可是自己深思，这种情绪却未必都是由不在祖国造成的。

人在他乡，难免事有不如意，可许多人此时面对困难与问题，往往会选择逃避，而文化差异、地域隔阂等则成为了逃避现实的完美借口。仔细思考一下，当自己快乐时，很少会有这种失落感。看来所谓乡愁，或许自身因素占得比重更多。毕竟人在不得志的时期，往往需要一种归属感让心灵安歇，可是我以为这种心境并不是一个留学生应有的。在如今一切事物飞速发展的21世纪，我们的祖国也在腾飞，作为留学生，应该为自己可以在国外学习生活，将来能够以外乡人的身份在当地立足而自豪，为自己能回国为祖国带去更新更好的知识技术而骄傲。

日常生活中，快乐就是快乐，绝不需有"乐不思蜀"的负罪感。失落则失落，要自己爬起来，绝不能以"归属感"为托辞而远离现实，把自己封闭起来。思念父母、亲友在所难免，也是人之常情，但终究还是要自己走进正常的心态与生活之中。要学会用自己的努力开辟新的天地，让国内的亲友感到开心与骄傲。毕竟爱国情操与思乡病还是有区别的。而每个人也只能靠自己从低迷的状态中挣脱出来。

当天晚餐，我们几个中国学生到附近一家名为"China Chief"的中餐馆吃了简单的"年夜饭"，从大家交谈中得知，Frank由于基本功太差，在这里的成绩好多科都是不及格，要去洛杉矶一家华人社区大学读语言了。Holiday House的接待家庭，与学校发生了一些纠纷，Rocky和Jea要搬到2楼的学校宿舍，Juno和Danny则要去和Ms. Heidi一家住。而Oh则因为抽烟，被校长"遣返"到二楼了。如此一来，国际学生的人事结构在"新年"又有了新的变动，想必许多新的趣事又会在我们之间发生。

另外前几天我收到了宾西法尼亚州立大学（Pennsylvania State University）的录取通知书，但还是希望能更多合适的学校可供选择。虽然等待的过程有几分煎熬，但若能换来理想的结果倒也不枉了。

6 关于纹身

　　这一天作业很少，别的事情也不多，我早早完成了任务。晚饭后，我来到电脑前，登陆聊天软件，恰巧老爸也难得地处于在线状态。久违的父子在网路上打开了话匣子。

　　在汇报了学习情况之后，我们谈论起了我的校园生活。我告诉老爸，最近有一些同学去专门的纹身店做了纹身，比如Troy在肩膀部位纹了一个十字架以体现其基督徒的信仰，而他的至交好友Jordon则在大臂处纹了一圈荆棘，代表着耶稣受难时所戴的荆棘圈，也用来表达自己的宗教理念。对此，校长和老师们持中立意见，而同学们却比较激动，普遍认为纹身很"酷"，似乎大家对于纹身都有点跃跃欲试的情绪。事实上，包括我的班主任Mr. Coaxum在内，一些老师也有纹身。在张扬个性的美国社会，拥有纹身甚至一度是非常时尚的事情。比如众多中国篮球爱好者所熟知的NBA球星，都有许多纹身。

　　而老爸却对此持坚决的批判态度，在我流露出对纹身艺术的欣赏之后，更是大力向我灌输万万不可纹身的观点。下面是我们当时对话的一段截取，从中折射出来的中西文化差异也可见一斑（Ash——我；parents——老爸）：

　　"Ash 10:06:26

　　我觉得纹身就没什么

parents 10:07:18

在我和大多数中国人看来是不可接受的。

Ash 10:07:58

嗯嗯嗯，到时候我赚了钱自己弄一个你们也不知道

parents 10:08:40

关键是不弄不会有坏处，弄了可能带来不利。

Ash 10:08:54

比如？

parents 10:09:18

保持点纯洁吧！

Ash 10:09:46

我无奈了，这和纯洁有什么关系？ 你说说都有什么不利

parents 10:10:56

还是忙你的功课吧。我又要开会了。

Ash 10:54:03

哈哈，随便吧……纹身到底有什么坏处？

parents 10:54:46

大多数人没有纹身，不都过得很好吗？

Ash 10:55:30

哈哈，那有纹身的人也没有过得不好啊？

parents 10:56:25

那是在西方国家，在中国纹身就有许多负面影响

Ash 10:56:48

嗯，那纹身到底有什么坏处啊？

parents 10:57:51

1，给人的感觉起码不高尚；

2，据说重要的招聘有的要检查有无纹身。

parents 10:58:30

没有纹身又有什么坏处？

Ash 11:00:02

没有……"

之后，老爸还告诉了我中国自古以来"身体发肤，受之父母，不敢毁伤，孝至始也"的观点，将纹身上升到了"不孝"的伦理道德高度。然而，这种硬性的上纲上线，我却也不完全同意，如果真的要依照这个道理来行事，那岂不是头发指甲都不能修剪，所有人都成了长毛怪？父亲对于我的"歪理邪说"却也无可奈何。不过总算是让我打消了纹身的念头，至少短期内不会去想了。这次交谈也让我对于中西文化差异有了新的认识，原来许多生活的细节，都能透露出这种意识观念上的不同，看来无论今后在美国工作，甚至生活，抑或回国发展，都要谨慎处事，细心观察。

 **7 "学校精神"周**

2月11日到15日，是格雷思学校的"Spirit Week"（'学校精神'周）。这是由Yadi和Vanessa构想并与校方一起组织的活动。学生在周一到周五每天都可以穿自己的衣服，但是要交5美金。周一是Crazy Hat Day，主题是各种奇怪的帽子；周二是50's-80's（５０到８０年代）复古主题；周三是Career Day，以职业制服为主题；周四是Tacky and Crazy Hair Day，就是穿不相称的服装，弄怪发型；周五是Spirit Day，应该穿以学校的"校色"——金色和绿色为主体的衣服。 筹到的钱将用来支付我们所有１２年级生４月底Senior Trip(毕业旅行)的部分旅费。

周一，我带了一顶三用的线帽，这顶帽子本身是用来当围脖或头带的一个宽度很长的伸缩性绒线圈，但是因为圈的一侧有橡皮筋，可以收紧，也就成了冬天用来保暖的帽子。尽管南卡罗来纳的2月并不寒冷，但为了配合活动主题，我也只能委屈一下了。当天还有许多有趣的帽子戴在不同学生的头上，有的帽子顶部竟是粗粗的橡胶假发，有的是色彩绚烂的魔术师礼帽，还有的是长着犄角的"牛角帽"。 不过最特别的还要数同班同学Josh，他打扮成了在年轻人中极为流行的热门忍者漫画《火影忍者》中的神秘邪恶组织"晓"的成员。穿着黑色为底，印着红色云朵的长袍，头戴大大斗笠，确实有漫画中人物的风采。

周二，我对美国50到80年代人的着装没什么概念，只能鉴赏他人了。10年级的Jonathan扮成了猫王模样，成了当日的明星。瞧他把发型

135

弄成了波浪，紧身上衣和喇叭裤虽不完全合身，但也有百分之九十多的相似度了，令人赞叹。想必他本人也为此下了不少功夫。大部分同学似乎都对复古主题的理解不大透彻，因此我也没找到什么其他的亮点了。

周三，大部分学生像我一样穿了一套西装，走"上班族"的职业路线。我的学生Grace扮成了海军，11年级的Amy则成了海盗。不过"变身"为超人的同班同学Jadon抢尽了他人的风头。蓝色的紧身套装，外穿的红色内裤，红色的靴子和斗篷也都到位了，胸前的"S"更是勾起了大家对童年时代的超级英雄的怀念。的确，惩奸除恶的超级英雄也是一种职业啊！

周四，我特意穿了颜色相反的球鞋，袜子。同班的Jordan, Yadi和Vanessa则更为夸张，不同类型的鞋子，长短不一的袜子，搞怪的上衣，短裙，还有特意做的新奇发型和色彩鲜艳的头饰。每一处细节都照顾到了。其他同学赶紧争相与三位美女合影。虽然当天许多别的学生的着装也都很有创意，但和这三位比起来却不免失色几分。

周五，Yadi和Vanessa特意把之前采购的黄色与绿色的印有"Class of 2008"的腕带发放给所有Senior, 让我们集体在Spirit Week的最后一天"特别"了一把。许多学生都用简易染发剂把头发喷成了黄色或者绿色。我当天则穿了绿白条文的薄毛衣，牛仔裤下搭配着土黄的靴子，后来还找别人借染发剂把头发的一小片弄成了绿色，一身行头非常符合当天的主题。由于自认为当天别人的着装都没有我贴近要求，还不禁沾沾自喜一番。

当晚上网时，发现自己被University of Illinois at Urbana Champaign(伊利诺伊大学香槟分校)录取了，心情非常喜悦。这是我申请的所有学校中的"第三志愿",在全美综合排名38,工程和财会等专业也都名列前茅。我将喜讯告知校长和大洋彼岸的父母,他们也很为我高兴。而我如今有了它的保障,尽管理想的第二乃至第一志愿似乎有些遥远,心中却再也没有了等待时的忧虑,绷紧的神经也终于可以放松了。

8 波兰朋友WOJCIECH的生日

2月22日周五是Wojciech和Troy的生日,Ms.D 特意在Understanding Times的课上为即将毕业的Troy准备了生日蛋糕、零食和各种饮料,和同学们一起为他庆祝了一番,并分享了半个蛋糕(剩下的留给下节课在此的Wojciech和他的11年级同学),大家都很开心。

当晚Troy在日式餐馆Yokoso与家人一道见证18岁的生日。而Wojciech则通过因特网在查尔斯顿市中心黄金地段的一家著名意大利餐厅"Mercato"预订了餐厅中央的席位,并邀请我,Rocky, Henry三个他最好的朋友以及接待家庭的父母Mr. Terry和Ms. Gloria共进晚餐,在异国享受自己的成人礼。我们自然都欣然前往。

西方的高级餐厅按照对顾客的着装要求有三种,一种是"casual",也就是说对食客的衣着没有特定要求;"business casual"则要求客人们半dress up;而要进入最高要求的"formal"餐厅,顾客们往往需要穿礼服。不过对服装的要求其实和餐馆美食的价格及档次并没有必然联系。这家意大利餐馆属于"casual",不过为了表示对

Wojciech的尊重，大家还是穿得比较正式。

晚上7点半，Mr. Terry泊好车后，我们一行人来到了Mercato，门脸并不算大，不过内部的装潢却很考究，在淡黄色灯光的映照下，中等面积的餐厅笼罩在一片温馨的气氛之中。训练有素且颇具气质的服务员引导我们入座，我们就开始点菜了。Wojciech和Ms. Gloria点了同一份开味菜，是类似于肉丸的菜肴，应该十分美味。Rocky点了一份汤，里面竟然是类似于饺子的东西，具体味道如何就不得而知了。我不想让请客的Wojciech破费太多，略去了开胃小菜，Henry和Mr. Terry也是如此。主菜我要了菲力牛排烩意粉，配上芝士小料，当真是我生平品尝过的最好吃的意大利菜。其他人有的点了三文鱼佐意粉，有的选了千层面，还有的要了类似粉丝的极细面条与虾蟹等海鲜混在一起的菜式，每个人都大快朵颐，美美地饱餐了一顿。饭后我们聊了聊天，拍照留念，最后Wojciech结完帐，就离开餐馆了。

出来以后，天色已深，时间也将近9点，Wojciech突发奇想，提议去海滩走一遭，Mr. Terry和Ms. Gloria不愿扫兴，把我们送到了查尔斯顿的一处海滩，叮嘱我们千万小心后，就在停车场静静地等待。我们四个来到海滩，夜色正浓，大海也被映成了黑色，更显深邃。虽然看不清波浪，却能清晰听到汹涌的波涛，感受阵阵的海风。大海独有的气息和此时特有的难以捉摸的深沉，竟让人生出玩水的欲望。Wojciech玩兴大发，脱下鞋子，在海里淌了好一会儿，才又回转来。我们几个在沙滩上踱了一会儿，想照相却由于光线原因，照不大清楚。寻思着在美国一年的高中生活还有几个月就结束了，一众来自五湖四海的朋友实在不知何时才能相聚，大家不免有些惆怅。不过毕竟都是孩子心性儿，调侃几句后，又有说有笑了。玩够了，我们才回到车上，**Mr. Terry**和**Ms. Gloria**今晚也很高兴，大家一路聊着，回到了家。

周末**Debbie**带大家到查尔斯顿的市区（downtown）参观一个"Wild Life Exposition"，即野生动物展览。但事实上只有一些骆驼，绵羊之类的动物被展出，很是无聊，大多数学生都去附近的King Street逛街去了。

9 剧目欣赏

平静的2月是美国的"Black History Month"（黑人历史月），要求学校对学生进行美国黑人历史的教育。这个月来，我和同学们看了不少关于美国早期黑暗奴隶制的纪录片，也感受到了那个年代种族不平等带来的灾难。从南北战争的惨酷到黑人领袖马丁·路德·金的出现，再到如今的现状。民权平等，种族平等确实得之不易，尽管现在的世界上依旧有着不平等，但相信世界会一直朝正面的方向迈进。

3月初，在**Ms. Heidi**的倡议下，学校组织9到12年级的高中生去查尔斯顿的剧院看附近的南查尔斯顿大学（Charleston Southern University）的大学生们演出的剧目。当天早上，一辆大巴缓缓驶入校园，学生们按年龄由高到低上车，不一会儿，就到达了目的地。

前来观看演出的学生还不只我们，至少有五个其他的学校都有师生来此。这个中小型剧院变得座无虚席。开始大堂里净是嬉笑谈天的声音，不过台上的帷幕一拉开，台下立即肃静无声了，很有秩序。接下来的时间里，除去主持人的报幕，共上演了五出剧目。

第一出，是著名美国作家Edgar Allen Poe的《The Fall of The House of Usher》（厄舍古厦的倒塌），说实话没太看懂，因为其原著本身就是一部荒谬变态的悬疑小说。讲述代代单传的Usher家族，到了最后一代，再没有后人。少主人和他的妹妹既是兄妹，又是夫妻。但一直被老宅的阴郁气氛所困扰，妹妹身体有病，健康状况一直很不好，两个人也总是神神经经的。少主人和所有Usher家族的男人一样，都爱给妻子画肖像，随着他画作的逐渐完成，妻子的生命竟也越来越微弱了，最后画作完成，他妻子也假死了。少主人就把她放在棺材里藏了起来，天天晚上要都去听她的心跳……最后一个风雨交加的夜晚，她从棺材爬了出来，俩人都跳楼死了。阴森的老宅也被雷电劈成碎片……老师说也不好解释剧中的许多东西，只能回去再研究。

第二出，是O Henry的《The Ransom of Red Chief》（红毛酋长的赎金），一部剧情十分简单甚至有些无趣的所谓喜剧。情节是两个绑匪绑架了一个淘气的男孩，但因为男孩平时太闹人，其家人根本不在乎他被绑架，反而还很开心。倒是绑匪被孩子整得团团转，最后两个坏蛋不得不倒贴钱把孩子还回去了。

第三出是the Lady or the Tiger（美女或老虎），讲的是一个国王为了尽可能公平地惩罚犯人，想出一个审判方法，让犯人选两道门，一道门里面有老虎，进去就要被吃，另一道里面会有一名美女，选中了，就

能和美女远走高飞，永获自由。一名卫队长与公主相爱，被国王发现要处刑。行刑之时，队长暗示公主，希望得到她的指示。可是公主却犹豫了许久：一道门内是老虎，另一道门内是她最讨厌的一名漂亮的宫女。后来，公主终于指点了心上人，然后扭头就走了……这幕剧也在此时戛然而止。最后的结果留给观众去猜想。有趣的是，Ms.Heidi说她认为公主肯定是让卫队长被老虎吃了，理由则是她"女人的直觉"。

第四出是The Open Window（开着的窗），故事讲述一个调皮的女孩欺骗一个陌生客人，说自己的阿姨有心理疾病，其丈夫和哥哥死了多年，她却总是把门开着，盼望他们回来。结果那人信以为真，在小女孩的姨父，阿姨和舅舅等人回来时，吓破了胆，落荒而逃。

最后一出是The Most Dangerous Game（最危险的游戏），故事的主人公是一个漂流到荒岛的水手。他遭遇了这个小岛的主人：一个变态将军和他的仆人，他们厌倦猎杀岛上的野兽，而以猎杀活人为乐，并逼主人公选择被杀或者3天内当他们的猎物。如果3天后水手还活着，就可以得到自由。情势所迫，答应被当做猎物的水手在岛上与邪恶的船长及其仆从展开了追逐与搏斗，最后当然是正义战胜邪恶……

其实这五个剧目都是根据原著演出的，而原作也都是有一定知名度的短篇小说。颇值得人回味。

看完演出，我们得到消息，说南卡罗来纳下午可能有龙卷风，不知道会不会波及到查尔斯顿一带，因此原定的中午聚餐的计划以及下午的课程都不得不取消。大家都回到学校后，就直接放学了。不过实际上什么事也没发生，一切平安。

10 年书

　　格雷思学校每年都要找出版商印制年书（year book），所谓年书，就是记录该年所有在校师生情况及校园活动的纪念册。

　　为了丰富年书的内容，也为了给学生们将近一年的表现做个总结，学校每个年级都要做各种Superlative(最佳者)选举，有"最佳着装"，"最美笑容"，"最佳学校精神"，"最佳运动员"，"最贴近耶稣的行为准则"（想必是这所教会学校的特色），以及"最有可能成功者"奖项。即将毕业的12年级生们，自然是年书的主角，因而我们Senior（毕业班学生）的选举也最引人注目。虽然所有年级的当选者都能在年书中得到额外的"出镜"，但是整个书是以学生学级由高到低顺序排版的。所以当选的12年级生都能在最开头占有一席之地，而我很荣幸地被评为了"Most Likely To Succeed"（最有可能成功者）的Senior之一。

　　选举过后，就是照相了，摄影师来到学校为各个年级的Superlative拍照。学生们都穿得光鲜亮丽，摆出各种姿势。在摄影师的建议下，大部分"最佳运动员"都站在梯子上做扣篮状。而"最有可能成功"的我则坐在教堂的房顶上照了相，也算是风光了一小把。

　　而且，由于Senior们是年书的重中之重，为数并不算多的我们，每人都将得到一页的空间。也因此，我们要填写一份特别的调查问卷，内容十分丰富，有"你最爱的人"，"业余爱好"，"喜欢的颜色"，"最欣赏的电影"等等，简直就像是小档案。而且，作为教会学校的学员，我们还要选一句圣经中最喜欢的话来装点自己在书中的页面。我选了 "Love your enemies,bless them that curse you,do good to them that hate you,and pray for them which despitefully use you,and persecute you"，意思是 "爱你的敌人，祝福诅咒你的人，善待仇恨你的人，并为利用和迫害你的人祈祷"，以此来告诫自己在残酷的现实中时刻保持宽容的心。令人无奈的是，调查内容竟然要受校长的审查，许多大家最喜爱的电影，都因为分级问题被封杀了，不得不重填。而Yadi因为在 "最爱的人" 一栏只填了自己的男友，而忘了父母，也被勒令重填。这一刻，校内的民主气氛荡然无存，倒和国内校园中的某些时候，颇为相似，让我哭笑不得。

另外，由于印制的时间问题，年书中无法载入将于5月2日举办的美国高中最重要的事之一——毕业舞会，这确实是不小的遗憾。说起舞会，其时已经是三月下旬，我应该开始行动，寻找舞伴了，也好为高中生活留下美好的回忆……

这天晚上，竟然发生了月蚀现象，我被校长叫出屋子，独自在异国观看了生平从未目睹过的有趣自然现象。晚上的气温很低，寒意极盛，我望着空中的月亮逐渐变化，想用相机记录下来，却照不出明显的图像。在孤寂的夜的笼罩下，我想着自己已经走过了高三的一大半，完成了许许多多或麻烦或棘手的事情和任务，有一种如释重负之感，寻思着余下的日子，是不是该好好享受生活了……

11 寻宝之旅

3月15号，为期两周的春假就要开始了，学校教堂在13号组织了一次Scavenger Hunt，就是一种按照所提供的线索，寻找相应物品，最后按照找到东西的数目多少等因素，来决出胜负的类似于"寻宝"的活动。许多学生，校友，乃至家长，老师也都参加了。这次活动结束后大家一起去Summervile吃冰激凌，获胜组可以免费享用，剩下的人就要自掏腰包了……

我、Wojciech，校友Justin、Henry和教堂每周三负责管理Youth Group活动的Youth Leader，Mr. Michael一组。其他的同学老师们加起来也总共分了约有10组。当每组都拿到印有活动要求的传单后，6点钟随着副校长的口令，这次Scavenger Hunt正式开始了。8点活动就会结束，所有人都立马行动起来。

Mr.Michael还没启动他的奥迪A6汽车，我们几个组员就已经钻入车内，开始阅读传单，只见上面有许多稀奇古怪的项目和要求。根据项目完成的难度不同，相应的积分也会有所差异。大致一看，我们需要收集一次性的纸制马桶坐垫、薯条盒、搅咖啡的木棒、松果、Fortune Cookie（一种内含字条的饼干，多是一些关于运势走向的内容）、某个特定品牌的泡泡糖、有猫王形象的糖果盒、手掌的打印效果图、三样紫色的物品、电影票根、与美国国旗的合影、当地消防员和警察的照片（如果警察拿着面包圈将得到额外积分，因为在美国，

"拿面包圈的警察"形象是对警察玩忽职守的一种讽刺，也是一种侮辱）。最后还有几个高难度高分数的任务需要用视频来记录：比如一个组员在购物车内坐着，一个人推车跑；全组人一起跳很傻的舞蹈；荡秋千；对服务员讲"Knock-knock Joke"（一种西方民间的"语言游戏"，A与B两个人，开始说话的一方，比如A先开口，就要说"knock knock"，以此来模仿敲门声。而B就要像有陌生人敲自家门一样，问"who's there?"，这时A就随意说一个名字或者单词,比如Michael。而B则跟着问"Michael who?"，A就可以充分的发挥想象力来回答，比如"Michael Jordan"），并且唱老情歌；4个组员挤在一个狭小的空间内，等等。

我们率先驶向学校附近的"汉堡王"，Justin向其中的员工要了一个薯条盒，之后我们来到不远的中餐馆"China Chief"，我去要Fortune Cookie的同时，Henry和Wojciech到周围的树丛中捡了三个松果。完成了这些，大家转向去Summerville，在一家名为"Target"的连锁超市前找到了购物车，几个人轮流坐进去被人推着走，并由空闲的人拍下视频。然后在停车场的僻静处集体跳了特别傻的舞。之后再到附近的Fire Department找到消防队员并合影，在向他们说明情况后，这些消防员还慷慨地让我们借用了他们的激光打印机打了手印，并且还把消防局的美国国旗弄来，我们几个人拉着它合了个影。向他们道了谢，我们来到Summervile住宅区的一处公园，在里面荡了秋千。至此，列表上的东西我们已经完成了一大半。而后我们来到Wal Mart找剩下的东西，比如那些特定的糖果。最后我们集齐了花瓣、绒毛和包装纸三样紫色的东西。但有猫王形象的糖果盒却找不到。为了赶时间，我们无心"恋战"，按要求几个人缩在超市外的推车里拍了照片，又去超市旁的星巴克要了木制咖啡棒，就开始往回赶了，路上我们随便找了家快餐店，Mr.Michael和Justin对一位美女服务员讲了Knock-knock Joke，并且唱了首不知名的带有乡村音乐风味的情歌。那位服务生开始还有些无奈与尴尬，到后来已是笑靥如花。当时的场面可真是有趣极了。最后在8点的期限之前，我们抓紧给一位巧遇的警察照了像，总算是大功告成了。

但可惜的是，我们忽略了列表最后的一条要求——收集得到的物品处工作人员的签名，可得到额外的分数。因此，我们这组没有赢。不过决出胜负后，不管免费饕餮还是自掏腰包，所有人都开开心心地去吃冰激淋了。让美味实在的奶油和巧克力消融在口中，也算是为这次活动划一个完满的句号。

12 春假

3月14日，春假正式开始，而我早就与身在宾夕法尼亚的好友Alex相约利用春假的空闲时间，去San Francisco（旧金山）旅游。除了各自订购机票以外，我在网上预订了酒店，而他则定了一个旅行团，一切都准备就绪，只待出发了。

然而当我15号上网查录取状态时，却得知北卡大学把我拒之门外。

当时心情确实颇为沮丧，但也没太大意外，对于声名远扬的飞人乔丹母校而言，我这个1月初才在最后关头进行申请的学生八成没有什么吸引力吧。对于无法改变的事实，我能做的只有接受它。这样一来，我应该就要去伊利诺伊大学香槟分校了，心中有了底，倒也过得安稳。这次正好借春假来放松一下自己。

　　16号早上草草吃了些东西，又检查了一遍行装。约7：30左右，Ms. Gloria就送我去机场了。结果来到Delta（三角洲）航空公司的柜台，才发现我的航班被推迟了1小时，由于航班改变，我也无法通过"self-service"（自助服务）在机器上操作并check in。只能等着Full-service，让工作人员给登机牌。但是由于其柜台调度不济，所有需要Full-Service的人只排了一队，由一个工作人员负责。长长的队伍几乎看不到头，见此情状，我让Ms. Gloria先走了，自己百无聊赖的随着队伍缓慢的"蠕动"。我后边是一位美国退役空军，他航班也有问题，已经是今天第二次在这排队了，大家都很无奈。最后快11点半了才排到我，而那推迟到9：45的航班早没影了，我只能让Delta给我Re-schedule（重新安排），但最早的航班就是下午5：50到Atlanta（亚特兰大）转机的，到SF都得午夜了，不然我只能等到第二天再出发。无法可施，我只能等到傍晚了，而且我似乎还算幸运的，后面和前面的许多人，都得等到第二天，那场面让我深切体会到了"怨声载道"的含义……Alex的航班也改得一塌糊涂，我们本来能在Atlanta转同一航班，一起到三藩市的，结果他被改到Cincinnati（辛辛那提）转机，时间也推迟到了下午……无奈美国航空业的低效率，我只能自己想办法消磨时间，去机场的餐厅接上电源玩电脑，顺便小憩了一会儿，然后看了电视里南卡罗来纳最好的Clemson University对阵刚刚把我拒了的北卡大学的篮球赛，这才熬到安检的时间……飞机飞行了一个多小时就到了Atlanta，我在等待转机时买了个大大的冰激淋充饥，晚上9：40开始登机了，我一直睡到飞机着陆，打开手机接到了Alex几小时前的留言，他已经被旅行团接到Mark Twain Hotel（马克吐温饭店），但我到得太晚，旅行团就不负责接机，得自寻出路了。于是出了机场后，我找了个Shuttle（小巴士）坐到酒店，花了$20，比打的便宜了许多。凌晨1点左右，总算是跟Alex会合了……后来才得知，这次航班延误是由于飓风的影响造成的。

第二天起床后，我俩去附近的Starbucks简单地吃了早餐，上午9：35旅行团来大堂接我们，一起跟团的还有2女生，1男生，司机和导游，大家互相也没怎么交谈，先去Civic Plaza看了看市政厅，宏伟的政府大楼，斜对面就是著名的亚洲艺术博物馆，其侧面是三藩市的标志性雕塑之一。我们拍了许多照片后，才去"渔人码头"（Fisherman's Wharf）。坐轮船在海上观光了三藩市的湾区、金门大桥、天使岛和曾经是监狱的Alcatraz Island（肖恩.康纳利和尼古拉斯.凯奇的"The Rock"就是在这里拍摄的）。旧金山不愧是华人最多的城市之一，与轮船行驶路线配套的"Audio Tour"，还有中文版，听起来十分亲切，也帮我了解了这许多名胜的历史。轮船返回码头后，一行人集体去China Town吃了午饭，我和Alex利用饭后的休息时间走到旧金山的地标性建筑之一——"泛美金字塔"（Transamerica Pyramid）的不远处拍照留念。下午大家去参观了"艺术宫"（Palace of Fine Arts）。那是当年万国博览会留下的建筑，很美。透着古希腊建筑神韵的建筑群旁边还坐落着住宅区，奇特的是，一排排别墅，却没有一个是相同风格的，想必在此购置房产的都是些富豪。游完典雅华美的艺术宫，我们来到金门大桥，这座桥的建造曾被视为不可能完成的任务，因为金门海峡此位置的海面风力极强，在建造过程中，更是有数位工作人员殉职，才最终成就了又一个建筑史上的传奇。我沿着桥还没走四分之一，就感到了海风的压迫，也被雄伟的大桥所震撼。还发现桥的两侧已经有了铁丝网，防止人攀爬，我这才恍然意识到金门大桥也是世界知名的"自杀圣地"……这天最后游玩的景点是双子山（Twin Peaks），在山峰上，游人可以俯瞰三藩市全景，一览城市风貌。当天的团队旅行结束后，司机按照我和Alex的请求，将我们载到了China Town（中国城）。我们下车后的第一件事就是找个像样的华人理发店理发。这也是饱受美国理发师摧残的我和Alex在美国理的最像样的一次头，虽说我们的发型都很简单……晚饭我俩去中国城非常有名的中餐馆"岭南小馆"吃了一顿，味道确实不错。饭后我们步行到联合广场，可商家们基本都关门了……这一天我也见识到了"彩虹之都"三藩市的另一道独特风景线——同性恋。街上，车上，哪里都能看见疑似同性恋者。三藩市内更是有许多挂着"彩虹旗"（表明自己是同性恋）的同性恋社区。对此我也很无奈。

18号的旅游团成员就只有我，Alex，导游也没来，司机负责带我们玩。还有一位女士也会与我们同行，早上为了等她，浪费了不少时间。我和Alex也非常后悔选择华人旅行团。美国本地人通常都是自己开车玩，但我们没法租车，更不会开车，也只好忍耐这最后的跟团行程了。时至中午，我们来到蒙特利港，也就是曾经的老渔人码头，那里有许多小店，我和Alex品尝了三藩市特色之一的海鲜汤，半个掏空的圆面包做容器，汤在面包里，而掏出来的软嫩部分则可以掰着蘸汤吃，很美味，也很新奇。我们还在老渔人码头看到了许多海狮，本来有机会去看鲸鱼，但由于旅行团时间不允许，没能成行。午饭后去了旧金山水族馆，比南卡罗来纳水族馆大多了，但风格大同小异。内容也没什么新奇的。下午4点多，一行人坐在车上在三藩市的豪宅区进行了"17-mile Drive"，这"17里"算是旧金山的富人住宅区之一，一路驶去，拍了不少豪宅，高尔夫球场和海滩美景。真希望我将来也能在这里有一席之地。最后，我们游览了和17里相连的Carmel艺术区，据说许多艺术家，包括我国著名画家张大千都曾在此居住。之后大家就折返了，回程中司机又去接人，旅行社东拼西凑的10个人挤在一个中型面包车里，不爽至极！分别送了所有人后，司机才把我和Alex送到Mark Twain Hotel取行李，这两天的酒店费都算在团费里面。之后的几天，我们自己玩，并将住在我预订的位于旧金山市中心联合广场的Parc 55 Hotel。结果我去Check-in的时候，前台的工作人员告诉我房间正在打扫，得一小时后才能入住，并给了我可以在2楼餐厅使用的价值25美元的券，于是我跟Alex就在Parc 55的餐厅吃了饭。疲惫的一天就这样告一段落。

19号我和Alex在联合广场的无数商场中耗了大半天。当天还正好赶上伊拉克战争5周年，市中心有许多人装扮成被关押的犯人，还有人假扮政要，进行示威。警察进行了戒严，封锁了一些街道，还逮捕了一些静坐的人士，到处都是警笛声，消防车和警车随处可见。不少路人都驻足围观，……下午4点多，我俩乘坐旧金山的特色缆车来到Nob Hill游览。这Cable Car，说是缆车，实际上是有轨的小型公车，其造型很古典，是三藩市的象征之一。由于三藩市是一个山城，道路起伏极大，因此Cable Car也是一种很方便的交通工具，本地人和游客都甘愿排长队等车。旧金山的Nob Hill就相当于洛杉矶的比弗利山庄，诸多豪宅和高等餐厅令人眼花缭乱，我们拿着地图，漫步在起伏的道路上，从Nob Hill一直走到China Town口碑不错的一家叫ABC的小店，进去品尝了它的特色"海南鸡饭"，价格倒是很公道，汤也不错。

　　20号一大早Alex就去机场了，他要到迈阿密和父母一起旅游。我送走Alex，先去银行办了些事，就开始统筹规划自己在三藩市的玩乐计划了！其实跟团旅游完全没有必要，游览景点太走马观花了，只有自己一切自助才有乐趣！路线信息等，在酒店大堂的Concierge都能问到。只要手中有地图，身上带着钱，再加上手机，就万事OK了。下午我自己坐车去金门公园（Golden Gate Park）一直逛到傍晚。其间参观了Conservatory of Flowers,里面的各种植物花卉让人目不暇接，还有一个厅是专门介绍来自祖国的盆景艺术的！之后我去了De Young Museum，一个充满现代气息的博物馆，以及Japanese Tea Garden（日本茶园），Stow Lake等有名的地方，还在外围一睹了正在整修的California Academy of Sciences（加州科学学院）的风采。金门公园非常大，环境优美，天人合一，实在是个不可错过的好去处。在De Young Museum的玻璃墙壁向外倾斜的顶层俯瞰三藩市的感觉也很独特，与在双子峰上的意境又有所不同。回到酒店已经快7点了，收拾停当后我去当地有名的White Horse

151

Restaurant（白马餐厅）吃的饭。这是一家小巧的家族私人餐厅，1741
年就成立了，而且价格也非常公道！整个餐厅只有一位服务生在来回奔
波，态度却一直很热情，客人们也都很耐心。我点了一份三文鱼烩青菜
的主菜和Soup of Today（今日特色汤），饱餐了一顿佳肴后，回到酒店
把东西都收拾好，又整理了几天的数据和资料。最后打电话给Shuttle公
司（由于上次从机场到Mark Twain Hotel的小巴士司机给了我一张他们
公司的优惠券，我再次乘坐只要11美元，可以说是非常实惠），预订了
第二天去机场的小巴士在次日晚上6点来酒店接我后，洗漱一番就入眠
了……

在三藩市的最后一天，我早上自己坐Cable Car去了Lombard
Street，也就是号称"The Crookedest Street"的"九曲花街"。一个大
斜坡上的唯一一条并不算长的小路，竟和黄河的"九曲十八弯"有着异
曲同工之妙。道路两旁全是精心修剪过的植物，再靠外的两排建筑也与
之相映成趣，我沿着两侧的台阶，从高到低走下去，又由低至高折回
去，不停地拍照片。然后我又乘Cable Car去了位于码头的San Francisco
Maritime National Historic Park及其附近地区。风景不错，夺取了我相机
记忆卡的不少容量。中午之前我赶回酒店Check-out后，把行李寄存在大
堂。然后用剩下的时间参观了亚洲艺术博物馆（Asian Arts Museum）和
现代艺术博物馆（Museum of Modern Art）。两个博物馆都不算太大，
但藏品都很丰富，尤其是亚洲艺术博物馆的名气很大。其中有许多祖国
的古代文物在展出，让我心中有种说不出的滋味……中午在Asian Arts
Museum的Cafe Asia吃了炒饭和Soup of the Day，味道还不错。傍晚回

到酒店取了行李，正好头天晚上订的Shuttle也来了，途中还接了另外3人，就开往机场了。我的旧金山之旅就这样结束了。

　　这是我第一次独立旅游，颇有里程碑的意义。通过这些天，我也更加喜欢上了旅游，希望将来能赚够钱周游世界。至于旧金山，此次虽然还有几个著名景点没来的及观光，但也没什么遗憾的了，这段时间每天都感觉非常充实。高三的春假，我必将终身难忘！

153

第五章
闪亮的瞬间

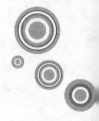

1 最后半学期的开始

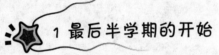

春假后的新学期开始了一周，从一月到三月的第三个Quarter(学季)的成绩单也发到了学生的手中，我的成绩是：

经济学（Economics）：99

统计学基础（Elementary Statistics）：93

英国文学（British Literature）：95

圣经（Understanding Times）：99

美国历史（U.S. History）：95

助教则算作"Teacher Aid"，按100分的成绩算入学分，成绩很理想。可惜的是，我的许多学生数学成绩都不好……

另外，我最终决定去伊利诺伊大学香槟分校（University of Illinois at Urbana-Champaign）就读，大一没有专业，在Division of General Study学习，可以之后再按兴趣转专业。同时，我也开始着手在网上办理学校的注册和住房等事宜了。而我上周定的暑假回国的机票也收到了。

这周二到周四，学校停课进行了"SAT"的考试，只不过此SAT非彼SAT，并不是我之前提到的美国高考——Scholastic Assessment Test，而是Stanford Achievement Test，相当于美国的"会考"，由阅读（Reading），数学（Math），拼写（Spelling），语言（Language），科学（Science），社会学（Social Science）等部分组成。我们这三天每天上午进行考试，下午放假，过得很是舒爽。科学类的题目都比较简单，而社会学知识对我来说最难。不过这次"会考"实际上只是一次练兵，因为Stanford Achievement Test只有针对一些公立学校来说，才有"会考"的意义，我们私立学校的学生不必参加它。这段时间学校方面的课业比较轻松。Ms. Heidi也把原定的Paper作业改为了"Music Project"，让所有Senior挑选自己喜欢的一首歌进行分析，内容要比较积极，最好和Christianity有关系（毕竟是教会学校）。新颖的作业内容也激起了我们的兴趣，大家都完成得很认真。我们用了两个课时由同学们分别朗读自己对歌曲的分析，并在朗读之前在教室中和所有人一起欣赏该曲目。大家的选择也可谓多种多样，有节奏感强烈的说唱歌曲，耳熟能详的流行乐曲，吼声震天的重金属摇滚，恬淡宜人的乡

157

村音乐，可谓大饱耳福。我分析的是当时很爱听的一首来自著名乡村乐手Suzanne Vega的歌曲"Penitent"，在这里也推荐给所有人了……

另外，由于我已经确定了将要就读的大学，也开始与校方商榷I-20，SEVIS等关于我在美学生签证的事宜。在这最后四分之一学年伊始之时，一切事物，都透着新鲜和朝气，令人充满动力。

但是，时刻注意国内新闻的我也一直关心着藏独分子在祖国公然作乱的问题，更因为周围许多人被西方媒体的歪曲报道所蒙骗而感到痛心和愤怒。可惜的是同校的中国学生一来英语水平较低，二来甚至对这次恶性事件的了解还没有国外的学生了解的多。比如说在9年级读书的Henry和Hunter，同班同学问他们中国到底发生了什么，Hunter完全没有概念，而Henry则苦于表达不清……一起住校生活的部分韩国学生甚至还不分青红皂白地"落井下石"。来自波兰的Wojciech也由于被一些媒体蒙蔽而犹豫要不要在8月和他哥哥去北京游玩。我说破了嘴，才让他们明白事实和真相，但是其他的许多本地学生，我又如何让他们清醒呢？于是，一个以自身力量反击"藏独"的计划也开始在我心中酝酿……

附：Music Project原文

Lyric: Penitent- Suzanne Vega

Once I stood alone so proud

held myself above the crowd

now I am low on the ground.

From here I look around to see

what avenues belong to me

I can't tell what I've found.

Now what would You have me do

I ask you please?

I wait to hear.

The mother, and the matador,

the mystic, all were here before,

like me, to stare You down.

You appear without a face,

disappear, but leave your trace,

I feel your unseen frown.

Now what would you have me do

I ask you please?

I wait to hear your voice, the word, you say.

I wait to see your sign

would I obey?

I look for you in heathered moor,

the desert, and the ocean floor

how low does one heart go.

looking for your fingerprints

I find them in coincidence,

and make my faith to grow.

Forgive me all my blindnesses

my weakness and unkindnesses

as yet unbending still.

struggling so hard to see

my fist against eternity

and will you break my will?

Now what would you have me do

I ask you please?

I wait to hear your voice,

the word you say

I wait to see your sign

could I obey?

Music Project

Penitent is a song from Suzanne Vega's album "Songs in Red and

Gray" in 2001.

This album was issued after the divorce between Suzanne Vega and Mitchell Froom, her former producer and husband. It is easy to imagine that her husband' s departure from both her personal life and professional one made this very much a divorce album. Its songs contain many elements about romantic discord and the resulting fall-out. Even though there is a succession of metaphors in those lines, her calm, hushed, clear singing only emphasizes the emotional torment of the songs trace. The result is an album on a par with her best work.

In my opinion, Penitent, the first song in "Songs in Red and Gray" shows the perplexity and sorrow in Suzanne' s heart after breaking up with her husband. It also sounds like the seeking for Jesus from a sad woman.

In a basic rock song stucture, Suzanne Vega let listeners understand those metaphors in Penitent with the vocal harmony and folk influences.

From the beginning "Once I stood alone so proud/ held myself above the crowd / now I am low on the ground", listeners can feel the sorrow and unease. Then the lyric "From here I look around to see/ what avenues belong to me/ I can't tell what I've found" show the doubt and perplexity to life.

After this, "Now what would you have me do/ I ask you please/ I wait to hear," sounds like the complaining to the life and the request to Jesus. Later, what people hear that "You appear without a face, / disappear, but leave your trace/ I feel your unseen frown" is really like the talking with

God and Jesus. This can also be proved by the lyric after that, "looking for your fingerprints/ I find them in coincidence/ and make my faith to grow".

Finally, the lyric become corresponding with the name of the song, Penitent. As the singer sings, "Forgive me all my blindnesses/ my weakness and unkindnesses/ as yet unbending still". Later, the song ends up in the question "I wait to hear your voice,/ the word you say/ I wait to see your sign/ could I obey?"

According to the description of the lyric, we can imagine that there is a successful woman who was attcked by some bad things in her life. She feels very impuissant to change the situation. So she surrendered to God and request for saving. In a penitent mood, she is waiting the Lord.

However, there are some metaphors such as "the mother", "the matador", "the mystic", and "my fist against eternity" which I can not explain very well.

As for the features of this song, mild rhythmic syncopation, acoustic rhythm piano, minor key tonality, string section beds, and melodic songwriting with a good dose of acoustic guitar picking, a breathy female lead vocalist, and the subtle use of fender rhodes make up a perfect song.

Penitent is chosen as one of the best songs of Suzanne Vega in her recent album, "Retrospective", in 2003.

What is interesting about the background of "Penitent" is that the divorce and torment in Suzanne's life made her more successful in music terms.

As "All Music Guide" commented, even though Suzanne's former husband, Mitchell Froom's experimental style helped the singer and songwriter fulfill her desire to expand beyond her folk-pop roots on her fourth and fifth albums, "99F°" and "Nine Objects of Desire", his approach actually worked against the material, cluttering her intimate, direct songs with inappropriate percussion tracks and various kinds of sound processing. So, listeners who responded strongly to her first three albums but found the Froom discs off-putting (and there were plenty of them) should be alerted that Songs in Red and Gray is ready to welcome back old fans.

So, sufferings and difficulties in our life may be opportunities and good luck for having a new life. We should not be disappointed and discouraged so easily. As Suzanne sings in Penitent, just wait for the directions of God. Slow down a little bit, and see if something good is missed because of your blindnesses, weakness and unkindnesses. Always be penitent of what are not good but you have done, and forgive bad things that others do to you. Then our life will be full of happiness.

2 糕点筹款

我们Senior（毕业班学生）按计划将于四月十九日开始毕业旅行。此前我们曾举办过Spirit Week（学校精神周）等活动，就是为毕业旅行筹款，但已筹款项距预算数目仍有差距。三月四号（周五），又是在Vanessa和Yadi两位Senior Trip（毕业旅行）的总策划的组织下，在学校早上进行惯例的教堂活动时，举办了名叫"Bake Raffle"的筹款活动，就是让学生们购买标有号码的券，并进行"抽奖"，得奖者将能免费享受学生和老师们烘焙的糕点。

为了筹得更多的钱，所有Senior都积极鼓动周围的人，各个年级都有不少学生购买了"有奖兑换券"，小学生们更是积极参与这次活动，几乎所有小朋友都购买了奖券。而我们12年级生，则每人都买了5张，也算是对自己的支持。

同班的女生们为此次活动烤制了许多小饼干，而厨艺精湛的校长更是大力支持，烘焙了四个大蛋糕！有香蕉奶油的，核桃奶油的，巧克力的，以及粉色奶油点缀着M&M豆碎屑的蛋糕。光是看着，就让人涎水直流。英语老师Ms.Heidi也烤制了几个小蛋糕为我们助阵。

抽奖活动搞得有声有色，由我们毕业班学生轮流上台在堆满奖券的箱子中抽出幸运者的号码。在宣读之前，教堂乐队的鼓手Cameron还会打出几个音节来助兴，和电视上的许多抽奖节目里的环节很是相似。得奖者们大多眉开眼笑，不过包括我在内的中奖的毕业生却无法享受胜利成果（我抽中了一个核桃奶油蛋糕，Ralf本来可以品尝一袋小曲奇饼干），因为校长要求我们把机会让给参加活动的小朋友们，毕竟这是我们为了自己的活动而开展的筹款活动，最后自己赢了去，也有些不妥。我和Ralf都表示理解，于是我们又上台重新抽奖，直到抽中一名小学生为止，再亲自把蛋糕和饼干送到他们手中，看着他们开心的样子，我也体会到了一种纯真的喜悦，味觉的欲望，立即被更高层次的精神满足冲淡了。

期待已久的毕业旅行终于临近了，我们Senior将赴佛罗里达州的旅游胜地奥兰多，并将在环球影城（Universal Studio），冒险岛(Adventrue Island)，水上世界(Wet'n'Wild)和海洋公园(Sea World)游玩4天！我已经迫不及待了！

3 我在美国反藏独

西藏发生暴乱到现在已经半个月了，每天上网看新闻时，我的心情都会随着祖国，奥运和西藏的状态,局势而起伏。胸中充塞着宣泄不完的愤怒。一直想做点什么，经过周密的计划，我终于开始行动了。

分析一下，当前的情势是，西方社会有一小股反华势力由来已久，并已经把丑化中国变成他们的一种本能了。在他们眼中，逐渐变强的中国就是一种威胁。不管中国有多大变化，他们甚至都可以视而不见，这种固有的腐朽冷战思维也直接导致了西方民众绝大部分对于中国，以及对于祖国西藏的无知。

　　正所谓无知者无畏，被无论政客也好，媒体也罢，抑或是"藏独"分子们忽悠蒙骗后，许多愚民就开始坚定地相信着自己在做正确且正义的事情。这些人实际上只是他们"公正媒体"和幕后那群别有用心的政客的奴隶。也正因为此，才上演了一幕幕扰乱奥运圣火海外传递的闹剧！或许世上没有媒体是完全公正的，然而如此堂而皇之地睁眼说瞎话诬蔑中国，实在叫人无法容忍。众多海外华人纷纷行动起来，利用网络的便利，为祖国的名誉力挽狂澜。我也通过这种方法向周围的人宣传。

　　美国学生不用"QQ"，而使用一种名为"AIM"的软件在网上聊天；他们还使用"My Space"或者"Facebook"做自己的博客和个人网络空间。于是，为了方便交流，我也注册申请了这些在美国青少年中流行时髦的东西，并与周围的许多同学在网络上建立了相互的链接。而祖国的许多网民自发建立的"Anti-CNN"网站（一个中国民间的专门收集整理并曝光西方媒体对3.14西藏事件的歪曲报道的网站）以及诸多网友上传到因特网的资料、证据和视频都成了我的资源。我把它们通通搬上我的"My Space"，"Facebook"，并在上面写博客，用英语撰文宣传事实的真相。另外，我不仅在白天向对于西藏问题有疑问的同学耐心解释，还在回宿舍后，通过聊天软件与他们交流。通过我的努力，国际学生们都为中国感到不平。Wojciech就在惊讶地发现本国媒体在大肆撒谎后，感叹地说中国的逐渐强大招致了他国的妒嫉。而许多本地学生，也知道了媒体谎言背后的实情。同班同学Jadon还帮我一起和班上不明真相的Josh理论。我还把我个人空间的网址等信息告诉了别的年级的中国留学生，这样就算他们无法直接说服同学，也可以让他们上网探索事实。学校的老师们也是我的宣传对象，我向校长申请在校园内张贴海报而未获同意，因为美国校园内对政治问题颇有限制，家长们甚至可以起诉向孩子们灌输政治理念的老师。不过校长说他绝对相信我，也算是让人满意的答复了。

这段时间，我的爱国热情像许多海外游子一样，被猛烈点燃！真后悔自己不能请假去旧金山参加游行。同时，我的祖国尽管此时压力很大，但越是面对困难，我们龙的传人越是要发展，要忍辱负重。作为一个发展中国家，中国举办一次奥运会非常不易，尽管许多用心险恶的政客试图把奥运政治化，抹黑中国，但是我相信祖国必将举办一次空前成功的体育盛会。

这次我看到，众多年轻的国人团结起来，向有意歪曲真相的媒体反击，为国"申冤"，帮祖国洗脱莫须有的罪名。我也坚信总会有一代接一代的坚硬脊梁撑起那片有着五千多年辉煌历史的天空！

附：我发表的英文博客译文，标题引用了最早的一个反击西方歪曲报道的网络视频：

英文博客译文：

西藏过去是，现在是，将来也永远是中国的一部分

自08年3月14日西藏发生暴乱的这段日子里，我听到了太多相关的可笑传言，并感受到了太多的无知和偏见。实在是饱受各种胡言乱语的困扰，我感到这是自己站出来揭露真相的时候了。

首先，来看3月14日的所谓"和平示威"。当天那些被雇佣和有组

织的暴徒杀害无辜群众，破坏并烧毁学校、医院、商店和其他的公共财产和设施。像你和我一样的正常人们被无端殴打，被刺杀甚至被烧死！然而，中国军队在救援市民面对那些暴徒时，却被命令不予以还击。到底是谁杀了谁？我的网络空间里的那些视频完全可以证实！

其次，奥运火炬在伦敦、巴黎和旧金山传递的那段日子里，那些支持所谓"自由西藏"的人攻击或者试图攻击火炬传递者。其目的何在？他们甚至在巴黎攻击中国的一个残疾女性火炬手！这难道就是和平抵制奥林匹克的的行为吗？真是太具有讽刺意味了！为什么这些媒体会公然无视大多数人对北京2008奥运会的支持？为什么有些人总是试图将奥林匹克运动与他们肮脏的政治目的相联系？

第三，许多声称"自由西藏"的人甚至不知道西藏在哪里。现在就让我来告诉你们真实的情况吧！自从公元1271年的元朝时起，西藏就已经是中国的一个省了。事实上，在19世纪的中国衰弱时期时起，英国曾两度入侵西藏。在中华人民共和国政府正式接管西藏之前，它仍处于奴隶社会的政教合一的统治下。那就意味着当时的上层统治者和所谓的宗教领袖在这个社会中拥有至高无上的权力！为庆祝喇嘛的生日，他们所击的鼓是用奴隶的人皮做成；他们喝酒所用的碗是用奴隶的头盖骨制成！然而，在中华人民共和国取缔了西藏的农奴制度后，整个中国都一直在关心西藏的发展，那里的人民生活也越来越好。现在绝大多数中国人，一对夫妻只能有一个孩子。作为少数民族，藏族同胞可以生育多个孩子；当许多学生因贫困为不能上大学而发愁时，藏族学生却可以得到免费教育；当大多数中国学生因为要参加高考，倍感压力时，藏族学生

却可以得到许多加分。还有更多，如藏族同胞无须付税等。中国政府一直都在投入大量资金，为西藏建设铁路、学校、医院、商场等各种各样的基础设施。

当然，这些使得达赖喇嘛更加疯狂！谁愿意放弃与神一样的至高无上的特权呢？现在却又有某些人在大谈所谓的"自由西藏"！如果你仍然认为达赖是一个像甘地一样的人，那就大错特错了！看看达赖与纳粹和奥姆真理教的关系吧。奥姆真理教是日本有史以来最为邪恶的宗教组织，至于纳粹更无需多言，达赖却与这些组织有密切关系。对于那些人，请你们告诉我如何能使中国的一部分"自由"出来？并且在此之后又如何发展西藏？使它又回到奴隶社会吗？请你们闭嘴！先在地图上找出西藏的位置再说吧。能够与我谈谈西藏的历史吗？你们了解西藏的佛教吗？哪怕是一丁点儿！你们可以去读一读肯里斯·冈玻和吉姆·莫里斯所著的"中情局在西藏的秘密战争"一书，或者至少在胡言乱语之前先看看我博克中的视频！

你们从媒体那里得到的是不真实的东西！它们被某些人以某种方式控制着。几乎所有肮脏的政治勾当都是与某种利益是分不开的！到底是谁被真的洗了脑？请仔细鉴别吧！

我不会再称呼中国西南的这个自治区为"Tibet"。我们中国人叫它"西藏"！西藏同胞和所有的少数民族与汉族人民团结得就像一个大家庭！我们都是中国人！

英文博客原文：

Tibet was, is, and will always be a part of China!

During the time after the riot in Tibet on Mar.14th, 2008 , I heard too much ridiculous rumors and felt too much ignorant bias. I have had enough of all these kinds of nonsense. It is the time for me to clarify the truth.

First, the so called "peaceful demonstration" on Mar. 14th is that many thugs who were hired and organized to kill normal citizens, burn and destroy schools, hospitals, stores, and other basic establishments. Normal people just like you and me were stabed, beaten, and even burnt to death! Further more, the Chinese army came to save citizens, and when they faced those thugs, they were even not allowed to fight back!

Who killed whom? Check out those videos on my space!

Second, during the days in which the Olympic torch was passed in London, Paris, and San Francisco, people who support so called "free tibet" attacked or tried to attck those torchbearers who passed the Olympic torch. What is this for? They even attacked a disabled Chinese female torchbearer in Paris! Peaceful boycott against Olympics? How sarcastic it is?! And why all the media just ignored the majority people who support the 2008 Olympic in Beijing? Why some people try to tie Olympic Games and their dirty politics together?

Third, many people who claim to "free Tibet" don't even know where Tibet is! Let me tell you the truth now! From Yuan Dynasty which was begun

by Genghis khan in the year of 1271, Tibet has been a province of China! In fact, during the decline of China in about 19th century, Britain invaded Tibet twice. Before Government of People's Republic of China took over Tibet, it was a slavery society which was controled by a ecclesiastical state. It means that the noble class and the monk who has the highest status control the whole society! To celebrate the Lama's birthday, people will play the drums made by slaves' skin and eat or drink with bowls made by slaves' skulls ! However, after P.R. of China ruined the slavery, the whole China pay much attention on developing Tibet; and people there live better and better. Nowadays, most Chinese couples can only have one child; as minority, Tibetans can have more children. When many Chinese students are too poor to go to school, Tibetan students can get education for free. When most Chinese students feel extremely stressed to take the entrance examination for Universities, students who are Tibetans can get many extra points. Further more, Tibetans don't even need to pay tax! Chinese government spent and is spending billions of dollar to build railroads, schools, hospitals, stores and all kinds of establishments in Tibet.

Of course this made Dalai Lama mad! Who'd give up all those privileges as a God?

However, now some people are talking about free tibet!

If you still think that Dalai Lama is a person like Gandhi, you are totally wrong! Go and look up the relationships between Dalai and Nazi and Aum

Supreme Truth which is the most famous evil religion in Japan ever.

To those people, could you tell me how to "free" a province of China and what are you going to do after that? Make Tibet back to slavery? Can you just shut your mouth and show me where is Tibet on the map? Can you tell me the history of Tibet? Do you know even a little bit about the Buddhism in Tibet?

There is a book named "The CIA's Secret War in Tibet" which was written by Kenneth Conboy and James Morrison. Please read it, or at least, please watch the videos on my space before running your mouth!

You can learn nothing by media when they are controlled by some people somehow and in some ways. Almost all the dirty politics about is PROFITS!

Who are really brain-washed? Check it out!

P.S.

I'm not gonna call the south-western province of China as Tibet anymore! We Chinese call it "Xizang"! Tibetans, and all the other minorities, and Han people in China are united as one country! We are all Chinese!

4 毕业旅行

集体旅行总是令人难以忘怀的。小学毕业时我和同学去了天津，

在北师大附中高一时去了泰山，高二时又去了承德。这些集体旅行，都是我记忆中的珍宝。去哪里并不重要，最令我感动的是那种朋友之间，放松下来时一起游玩的氛围。高三到美国以后，算上年初的"Fire & Ice"，这次的毕业旅行是到美国后的第二次集体旅行，也是我进入大学生活之前最后一次较大规模的集体旅行了，很有纪念意义。

我们所有毕业生从上学期就开始筹备这次旅游了。找公司定制旅游计划，分期付款，进行各种义卖等活动为旅游筹款等等。总算是盼到了Orlando（奥兰多）之行的到来。其间和同班的朋友们经历的一切，还历历在目。我要用自己的文字，记录下这次难忘的旅程。

4月19日是个周六，早上8点，大家都在校园集合，把行李放在学校的巴士后部，人人都是整装待发。前来送孩子的家长也都盼着我们能好好享受这次毕业旅行。 由于车的座位间隙较小，而且途中车会颠簸，大多数人都带了个大枕头，方便休息。Josh的母亲也和我们同去，驾车跟随在校巴的后面。这次旅行，Josh的妈妈，Coach和Michael是我们的chaperone，负责照顾大家。校车上还安装了带有GPS的机器，方便认道。上路以后，大家聊天的聊天，听歌的听歌，到后来基本上都睡觉了……中途在McDonald吃的快餐，下午3，4点钟到的酒店，先Check-in，根据分配，我，Leilei,Juno,Nate四个亚裔男生一屋，Troy,Ralf,Jadon一屋，Yadi,Jordan,Vanessa和Summer四个女生一屋，Coach,Michael一屋，Josh和他妈住一屋。之后大家一起去Orlando的一个叫Festival Bay的购物中心闲逛。或许是时节原因，里面购物的人不多，商店都很冷清，但里面有个运动品牌"VANS"赞助的大型极限运动场，许多少年都在那里玩轮滑，场地的上方设有空中走廊，不少家长都坐在走廊的座椅上，边聊天边看自己的孩子玩耍。逛到6：30大家在Mall里随便吃了些东西，就去看电影了。我和大多数男生看了"功夫之王"，其他的人去看了恐怖片"Prom Night"。谁知，观后Jordan竟吓得不敢上洗手间，怕里面藏着杀手，让Juno和Ralf去女卫生间检查，而他们被逼无奈去检查完毕后，正好被商场里的巡警撞上，一帮人越辩越糊涂，最后被要求迅速离开商场……这也成为了大家当晚的有趣谈资。回到酒店后，酒店的游泳池已经关闭了，大家也就睡了。

次日早上6点半，我们就起床了，洗漱后先去餐馆吃了早餐，8点钟大家出发,登上了去Universal主题公园的往返巴士。我们先去"Universal Studio"（环球影城）。大家坐了根据电影"神鬼传奇"为主题的"The Revenge of The Mummy"室内过山车。感觉挺刺激，于是我们连坐了两次。然后去看"怪物史瑞克"（Shrek）的4-D动画，立体感超强，大约20分钟的时间讲述了Shrek和同伴从坏蛋幽灵手中救出女主角"Fiona"的故事。之后大家去"Twister"，也就是根据著名电影"龙卷风"建造的活动场所，在那里大家体验了模拟的龙卷风现场，感觉很真实。后来由于时间和兴趣问题，我们兵分两路，我这一路去了"Disaster（灾难）"拍摄场地，所有游客在工作人员的解说下模拟拍摄了一部灾难片，在一个模拟地铁站的假地铁内，体验了火灾、洪水、地震等等电影中常常出现的自然灾害。结束后，多数人都去吃饭了，而我，leilei，Troy和Mr. Michael则去"Beetlejuice's Rock'n Roll Graveyard Revue"看演出。就是由几个演员装扮成科学怪人、狼人、邪恶公爵，吸血鬼以

及科学怪人的妻子等等进行以摇滚乐为主的歌舞表演，没什么意思，看到中途我们就看不下去而离开了。其后由于我想看看"终结者2"（Terminator 2）的立体动画，就和leilei留在了Universal Studio，其他的人都去另一部分"冒险岛"（Islands of Adventure）了。"Terminator 2:3-D"的演出由真人演员和3-D电影相结合，讲述了"终结者"的又一次拯救行动。看完后，我和leilei也开始了"Islands of Adventure"的惊险旅程。与环球影城以电影为主题不一样，冒险岛多是各种各样的大型娱乐设施，并以各种动漫和电影人物或场景为设施命名，还以此分了几个风格各异的板块和区域。我们先去坐了"Islands of Adventure"最大的过山车之一"The Incredible Hulk Coaster"，和另一个叫"Dr.Doom's Fearfall"的类似于"蹦极塔"的那种娱乐设施。后来又乘了"The Amazing Adventure of Spiderman"，是和"木乃伊的复仇"类似的室内过山车，也是那种一个人坐在里面，机器来回摇摆，结合3-D动画的视觉效果来刺激游客感观的娱乐设施。完成了在最邻近入口处"Marvel Super Hero Island"这一区域的游玩，我们来到了"Toon Lagoon"区域，先去以"大力水手"为主题的"Popeye & Bluto's Bilge-Rat Barges"，我和其他游客坐在一个圆形的漂浮物中，顺着人工河漂流，途中有各种机关喷水，还有不少人工浪，玩完后，所有游客都浑身湿透了……在下午5：45的集合时间之前，我还抓紧时间乘坐了"Dudley Do-Right's Ripsow Falls"，是个类似"激流勇进"的东西，于是身上又湿透了一次……集合后，大家在以摇滚乐为主题的"Hard Rock Café"就餐。饭罢就一起乘巴士返回酒店了。晚上我们几个男生先去健身房锻炼，之后在游泳池和女生会合。 在水中，Jordan骑着Jadon, Yadi骑着Troy, Vanessa骑着Ralf，我背着Summer，在游泳池里玩起了骑马打仗。后来还互相在池中摔跤，大家都玩得很开心，直到10：30酒店的管理员让游泳者离开，我们才走。

周一一大早，我到附近的Gift Shop买了几个小鳄鱼爪子做的钥匙链，也算是Florida的特色，打算回国送给朋友们。9点左右，大家一起出发，步行来到酒店对面的"Wet'n Wild"，这是个号称"美国最好的Water Park"之一的大型水上乐园。大家在大门口合过影之后，就分散去玩了。我先去了一个特别陡峭的水滑梯"Boom Bay"，其顶部被造成火箭状，人进去后，操作者打开"火箭底板"，人就会从近乎垂直于地面的角度直接沿滑梯掉下去，最后经过长长滑梯上细细水流的缓冲安全到达与地面结合的平坡，这也算是该公园最为刺激的项目之一了。紧挨着"Boom Bay"的是叫作"Brain Wash"的集体项目，由最少2人，最多4人，坐在一个皮艇上，在黑暗的大型盘旋通道内，随着强劲的水势，进行飘流……说简单些，就是超大型的集体水滑梯管道。我，Troy, Ralf和Leilei玩了好几次，还意犹未尽。后来又去了名为"Storm"的设施寻找刺激，这个项目是单人在盘旋的管道中逐渐滑到尽头，再猛地掉入一个很深的池子中。由于有一定的危险性，"Storm"要求游人必须是"Strong Swimmer"（健壮的泳者）才能玩。很遗憾，Jordan和leilei被"遣返"了。 午饭之前大家会合了，去了一个集体项目，是一个皮艇项目，5个人一个皮艇，沿着一个极宽且非常颠簸的大型水滑梯滑下去……中午时分，我们吃了简单的自助，下午一起去叫作"Disco

176

H2O"的集体项目排起了长队，它和之前的"Brain Wash"类似，但管道更加陡，水流更加急，排队时从管道深处传来的尖叫声不绝于耳，刺激着所有未尝试者的神经。到我，Ralf, Troy 和leilei时，我们才真正体会到它的惊险——伸手不见五指的管道中响着摇滚乐，偶尔能瞧见拐弯处忽明忽暗闪着的霓虹灯，而其陡坡几乎呈垂直角度……玩罢，为了缓解一下紧张的心情，大家去玩了较为舒缓的水滑梯冲浪，每个人拿一个有把手的垫子，头朝前趴在垫子上，手握着把手，顺流而下，不亦乐乎，后来没过够瘾的人又去玩"Brain Wash"之类的了。我和大部队则到公园中间有人工波浪的游泳池"Wave Pool"游了一会儿泳。而后我和Leilei一起尝试了几个不大刺激的项目，如"Blast"，就是人坐着漂浮物顺流而下，途中被各种喷水设施浇水的项目。最后在"Lazy River"中，我们沿着人工河流漫漫游泳放松了一阵。到3,4点钟左右大家就集合回宾馆了。晚上一起到"Planet Hollywood"主题餐厅吃的饭，餐厅以"好莱坞"为噱头，里面布置陈设有各种老电影的道具收藏，经典恐怖片"闪灵"中杰克·尼科尔森用的那把手斧也在其中。就餐的地方围着不停放映音乐MV的大屏幕，餐厅的房顶上还吊着老式汽车，独木舟，甚至坦克等电影道具，很有意境，不过晚饭依旧是味道平平的美式快餐。饭后我们一行人在附近的"Pleasure Island"闲逛。当晚回家后，大家还去不远处乘坐了Sling Shot（一种由两座高塔顶部连接的弹力缆绳牵引一个座舱，将座舱上下来回高速抛动的娱乐设施），那个Sling Shot号称最高处离地面有360英尺，最高时速为100英里每小时！座舱只能容纳两人，Michael和Yadi，Troy和Ralf都刚坐过了,剩下的人又不敢玩，于是我就一个人上。而为了平衡重量，工作人员在我身旁的空座位上放了个水桶……启动后的弹射速度非常惊人，在高空翻腾的感觉也很刺激，视角相当不错，可以一览Orlando的夜景。之前的人都在空中看到了迪斯尼公园的焰火，可惜我没有赶上。座舱上附带有摄像头，全程拍摄游客的表情，我们几个玩过的人都购买了录像制成的DVD作为留念。当晚回去后，经过白天在水上公园暴晒，肩背部的晒伤处隐隐作痛，不过因为玩得太累了，睡的还算安稳。

周二早上，我们又来到Universal，这次大家先到"Islands of Adventure"，玩完"Hulk"过山车后，我和Leilei，Jadon单独去坐了"Dr.Doom's Fearfall"，然后到冒险岛的第三个区域"侏罗纪公园"（Jurassic Park）进行"River Adventure"，游客乘船沿着人工河，一路被许多假恐龙喷水和惊吓后，最后来个类似"激流勇进"的冲刺。之后我们去了"Pteranodon Flyers"，乘客在翼龙外形的滑翔器上沿轨道滑行。这个区域还有一个"Jurassic Park Discovery Center"，里面有许多东西都很有趣。如操作化石探测器对人造化石进行真假分析，还有模拟恐龙蛋孵化器，知识问答机器等不一而足，甚至有一个生成游客成为恐龙后的模样的有趣装置。我们又来到第四个区域"The Lost Continent"，先乘坐了"Dueling Dragons"，是两条轨道交织建在一起，但可以分别乘坐的过山车，一条轨道上是"火龙"过山车，另一条是与之相对的"冰龙"，我们分别乘坐了两条"龙"，刺激程度差不多，轨道的特别构造令两辆同时开动的过山车几乎"对撞"，非常刺激。玩完之后还是意犹未尽，之后不慎乘坐了为低龄儿童准备的"The

Flying Unicorn"，是专门给小孩子玩的过山车。过程很无聊，玩完后我们为躲避路人的异样目光，匆匆离开了。午饭后Jadon去和大部队会合，我和Leilei来到"Poseidon's Fury"，该项目与环球影城的"终结者"项目类似，讲述了海皇波士顿打败火神的故事，引导员与观众们的互动性很强，大家挪了好几个地方，才看到故事的最后结局。其外部建筑也很宏伟，许多人都驻足拍照留念。"Islands of Adventure"最后一个区域"Seuss Landing"是个儿童区。也因此，我们只坐了"The High in the Sky Seuss Trolley Train Ride"，也就是穿过许多建筑的空中游览列车。此后就算是冒险岛。看看表，离集合时间尚早，于是我和Leilei来到冒险岛与环球影城之间的NBA主体餐厅喝了些冷饮，然后又去"Universal Studio"，玩了上一次没来得及体验的项目。我们先到"Jaws"排队，这是以著名电影"大白鲨"为主题的娱乐项目，游客坐在游艇上，由工作人员带领和人工的大白鲨作战。之后我们去看"The Fear Factor Live"，是一个讲解电影中特技如何制作的现场表演，结果中途接到电话，说要提前集合，便只得带着少许遗憾离开了……晚上大伙在迪斯尼"Animal Kingdom"里的"Rainforest Café"吃的饭，这个主题餐厅连同其附属Gift shop，都布置成了热带雨林的样子，许多假的猩猩，猴子，大象等动物隔一阵还会发出叫声并活动，非常逼真。在其中进餐就仿佛真的置身于丛林中一般，食物也很美味。饭后我们在餐厅附属礼品店内逛了逛，就返回了。

第二天早上从酒店Check-out之后，大家来到"海洋公园"（Sea World），由于时间比较有限，我们只乘坐了名为"Kraken"的超长轨道过山车以及叫作"Atlantis"的特大型"激流勇进"。午饭过后一行人参观了海豚馆，我还成功的摸到了池中的海豚。别的许多表演和娱乐项目，由于时间仓促，都没来得及体验，大家就匆匆踏上返回的旅程。一路上还是开玩笑，听歌和睡觉，不过睡觉的明显比来时多了不少。途中我们除了在"Wendy's"简单用了晚餐，基本都在赶路。到达学校时，已经晚上11点了。下了车，取出行李，大家一一惜别。大部分人都随着等候多时的家长回去了。我一边目送朋友们离去，一边默默想着这数天来的种种经历，回味无穷。相信这次毕业旅行，于我，于同级的所有朋友，都将毕生难忘……

5 舞会

毕业舞会对于美国高中生来说，是最重要的事情之一。通常情况下，高中的毕业舞会只有应届毕业生能够参加，也有许多学校的11年级生同样有资格出席，但对于Grace Christian Academy这所小小的私立学校，倘若只让Senior去舞会，局面太也冷清。于是学校允许从Freshman到Senior的所有高中生都可以参加舞会。这样一来，许多学生，尤其是我同班的朋友们，都从很早就开始忙碌起来，找舞伴，买礼服，为这件"人生大事"积极地做着准备。当然，也有部分人不打算参加。5月2日晚宴和舞会将在查尔斯顿港口的游轮上举行！

我行动较晚，本来先后尝试约国际学生Orientation上长相酷似好

莱坞女星"Anne Hathaway"的挪威女生Ane和同校的Freshman，金发小美女Logan当舞伴，却惨遭谢绝。但毕竟身为Senior，在毕业舞会上没有舞伴是一件非常没面子的事，于是直到舞会开始两周前才最终约定了一个外校的朋友为伴。后来我又和Mr. Terry在舞会开始前一周去Mall一起挑选礼服。由于5月是舞会的"旺季"，能够直接买的礼服已经售空，我们权衡再三，去了一家名为"S&K"的男士服装店租了一套新款的"Calvin Klein"的黑色礼服（舞会上，男方通常需要穿Tuxedo，也就是无尾的男士半正式晚礼服，一些特殊的高级场合则需着燕尾服），包括黑色上衣，裤子，银色马甲，领带，白衬衫，袖扣，领扣，黑皮鞋，以便与舞伴的礼服相配（舞会中，男方的领带通常与女方的礼服同色）。另外，Corsage(女方戴在手腕上的腕花)和Boutonniere（男士佩戴于上装外领处的领花）也是舞会上男女必不可少的物品，我在舞会前一天到附近的超市"Piggly Wiggly"预订了鲜花制成腕花（通常是男方为女方买Corsage，而女方为男方买Boutonniere，两者的颜色应该相同，且与男女礼服色彩相称），虽然有些匆忙，不过一切准备总算都就绪了。

　　舞会当天是周五。也因为舞会的关系，学校只上半天的课。第三节英国文学课时，Debbie来学校，把我和Oh送到附近的Wachovia银行办理销户手续。想当初Debbie带我们到这家美国第四大银行开户已是将近一年之前了，如今我还有不到一个月就要毕业，真是逝者如斯夫，不舍昼夜啊！Oh因为未成年，户头挂在Debbie的名下，而我的Debit Card及帐户则属于我自己，因此并不是必须销户。但银行的工作人员帮我查询之

181

后，发现我即将就读的伊利诺伊大学香槟分校附近没有该银行，于是我索性也销了户。之后Debbie带我俩到快餐店"Arby's"吃了午餐，这也算是我与oh的告别餐了，前面提到过，他因为与本地学生的冲突，被开除了，即将回国。回到学校，同学们都走了，我先去Piggly Wiggly取了腕花，回家休整了一番，就开始为舞会重新洗漱了。清洁完毕，除去项链，喷上香水，整好发型，佩上耳钉，穿上衬衫，别好袖扣，饰扣，穿上礼裤，调好腰围（礼裤通常不用皮带，可以根据自己的身材调整腰围），系好领带，再罩上马甲，最后套上Tux，再戴上一枚戒指。照照镜子，自我欣赏一番，感觉相当良好，这时Mr.Terry和Ms.Gloria也来到我的屋子，他们为这次不能与我和其他一部分国际学生共同去舞会而深感遗憾。一起留影之后，大家就到学校church门口集合了，所有参加舞会的人都Dress Up，男生们个个精神，女生们争奇斗艳，各有各的韵味……约5点20，大家出发前往舞会的目的地——Charleston港口的一艘Cruise。

为我们举办舞会的游轮就在查尔斯顿港口停泊着，旁边是一艘退役的航空母舰。我约的舞伴在其他学校就读，她的接待家庭把她送到港口与我们会合。Debbie和她丈夫也来为大家助兴。6点多人们陆续登上轮船，这艘船有三层，大家先进入二层的餐厅内，纷纷入座。我和我date（舞伴），Summer, Glenn, 以及9年级的Stephanie, Candace和10年级的Brittney一桌。过了一会儿，游轮缓缓地开动了，我们的狂欢正式开始。

各桌先开始点菜，由于菜上得很慢。大家纷纷到甲板上游览，在

182

夕阳的抚照下，享受着惬意的时光。这艘游轮从港口驶出，直到舞会结束时才会慢慢再到港口。为了对得起自己的礼服，也为了记录这难得的经历，所有人都开始疯狂照相，合影。大家正陶醉间，忽然有人在甲板处惊呼，原来三个可爱的海豚出现在船头，游弋许久，还不时跃出海面，十分可爱，像是在为我们的舞会保驾护航一般。到得黄昏时分，学校为这次活动聘请的摄影师开始给大家在甲板上拍照留念，每个人也都在晚霞的映照下显出了不同于以往的气质……晚餐的开胃海鲜汤很好喝，我点的主菜是"Carolina Crab Cake"味道却很一般。餐饮过后，大家又开始四处游荡，自在至极。此时游轮已经被笼罩在夜色之中，远处的海岸上灯火通明，一时间船上的气氛变得浪漫起来，只可惜我无福消受。看着出双入对的人们，心中竟透着些许寒意。这时我的舞伴走过来，告诉我之前就餐时坐一起的Rose想和我独处。原来她对我比较感兴趣，但担心我与舞伴是情侣关系，在事情澄清后，Rose也抛开顾虑。我们漫步在甲板上，她开门见山，向我表示了好感，并约我一起看电影。在惊讶美国女生的主动与热情的同时，我一时也无法抉择……

这时正式的舞会就要开始了，大家返回船舱，首先由主持人宣布这次舞会的King和Queen（高中舞会中得到"King"和"Queen"的头衔对于男生女生来说是一种荣誉。而多数情况下，只有为舞会筹款最多的Senior，才有资格当King或者Queen）Jadon和Summer的家人为舞会捐了最多钱，在大家的掌声中毫无悬念地当上了King和Queen，并接受了颁奖。过后就是舞会了，由于船舱内场地比较狭小，乐队演奏又比较老套，因此并未出现我想象中的交谊舞场面，每个人都放松下来，任意而舞，就像跳Disco一样，倒也十分愉快。我和黑珍珠Jordan还模仿电影"低俗小说"中John Travolta和Uma Thurman的舞蹈来了一段即兴发挥。不过真正意义上的"舞会"持续时间并不长，一会儿就结束了，游轮绕了一个大圈后，也返回了港口。大家开始陆续下船，纷纷道别，我与舞伴和她的host family留影后，他们就先走了。别的多数同学都自己开车回家，或者等家长来接。而我，Rocky，Justin，Jadon和他们的舞伴，Chelsea以及Jessica决定去看当天刚刚上映的"钢铁侠"（Iron Man）。Justin开车，我们到达电影院时已经时近午夜，于是购买了12点的票。在影院大厅内等候的过程中，过往的人纷纷对dressed up的我们投来或惊讶、或祝福的目光。期间我还接到了Rose的电话，虽然心中不愿在学年末展开一段缘分，嘴上却要含糊其辞，以免造成尴尬。总算是蒙混过了关。

电影很精彩，到家时已经午夜3点多了……而这一夜发生的一切，也将永远被我珍藏在记忆之中。

6 摇滚演唱会

五月四日周日，我同往常一样来到学校的教堂做礼拜，与大家一起唱歌，听布道……不同的是，今天这里多了一位神秘的女性，她个头不高，打扮也不夸张，黑色的连衣裙下罩着旧旧的牛仔裤，透着一股颇为颓废的摇滚气质。她静静的聆听着歌声与布道，显得十分虔诚，旁边的椅子上还放着她带来的一小摞书籍。原来她就是著名乐队 "Flyleaf" 的女主唱Lacey Mosley!

一年一度的 "May Day Rock Concert（五月摇滚演唱会）" 由 "98X" 网站及其他一些商家举办，邀请著名的摇滚乐团开演唱会。今年的演唱会定在我们学校旁边的 "Costal Carolina Fair Ground" 举行，将有7个乐队来进行演唱，分别是 "Soul's Harbour"，"Red"，"Hurt"，"Theory of A Deadman"，"Cracker"，"Flyleaf" 和 "Seether"。其中最后两支乐队最为出名。我个人非常喜欢 "Flyleaf",这个歌特风格的摇滚乐队和著名的 "Evanescence" 风格类似，而其单曲 "All Around Me" 也一直在各乐曲榜单上高居不下。另外，Flyleaf还是一支Christian Band，因此，Lacey Mosley早上顺道来我们教堂做礼拜也不足为奇了。礼拜过后，我赶紧回屋取相机，与我喜欢的乐队主唱照了对我而言意义非凡的合影。

关于这个摇滚音乐会，我在Senior Trip之前就有所耳闻。我，Jadon和Justin都通过98X网站进行了在线购票，今天Austin（Summer接待家庭的小儿子）也跟我们一起去……由于教堂活动结束时，已经是中午了，我们就先到附近的快餐店 "Taco Bell" 填饱肚子，再步行到Fair Ground排起了长队。前来听演唱会的人们大多都是二三十岁的青年男女。由于当天下午气温很高，太阳也一直火辣辣的挂在天上，许多人都成了 "膀爷"。但我们几个一直注意形象，强忍高温。检票入场后，就看见搭起的大演唱棚中，一些工作人员正在试音。演唱棚之前的空地以及更远处的草坪上全是人。草坪的尽头还有一排小摊，出售饮料和热狗，汉堡等快餐。

演唱棚一侧是卫生间，另一侧是贩卖乐队有关产品的小摊。Jadon买了一件Flyleaf的纪念T恤，Justin则以超低价购得了一张Seether的专辑。

演唱会终于开始了，最先出场的是"Soul 's Harbour"，然后其它乐队依次出场，名气最大的Flyleaf和Seether压轴。迎着低音炮的震动，伴着乐队主唱的嘶吼，跟着吉他，贝斯，架子鼓的节奏，台下的人群也开始疯狂起来，而疯狂的方式大致有三种，一种是互相投掷饮料的空瓶子，帽子，甚至鞋等物品，真可谓是无所不用其极。第二种则是听摇滚听入迷了的一群人互相冲撞，每当此时群众就自动让出一个圈子，让这帮"摇滚"的乐迷尽情撒野（这种行为被称作"Pogo"，在演唱会或者音乐节等场合，听High了的观众有时会以这种方式来宣泄高涨的情绪）。最后一种就是把人抬起来在空中传递，从大老爷们儿到青春美女，许多人都热衷于被传递，甚至主动让周围的人把自己举起来。大家倒也乐意帮助他们，我就经手了不少"空中接力"，不过这种娱乐方式也有一定的危险性，几个对自身质量估计不准的大块头就生生摔到了地上，传递过程中，观众也常常会被"飞人"的某个部位砸到，以至到后来，我甚至不得不摘掉眼镜……

这次的演唱会，其实艺术价值并不算高。除了Flyleaf，所有乐队应该都算是重金属乐队，包括最后出场且得到很高评价的Seether，我也并不大以为然。一来现场音响的质量算不上很好，二来我不太喜欢重金属的曲风，倒是说唱金属乐队"Linkin Park"深得我的喜爱。不过同来的Justin却是非常享受。这或许就是人与人音乐审美的不同吧。

由于演唱会是露天的，站久了也很累人。我们听累了以后，就买点饮料和食品到Fair Ground另一侧休息聊天。从中午12点开始到晚上10点演唱会结束，我们一直在当忠实听众。当熬到最后的时候，我已经耳鸣了，整个演奏过程中，光是每个乐队交替时试音人员放的低音炮就"振聋发聩"。而演唱的时候，随着歌手吼声和伴着的鼓点，身体时刻都可以感受到被声波撼动的大地……Jadon的Flyleaf纪念 T-shirt也不知何时被人顺手牵羊了……离开时，大家都拖着疲惫的身躯，走过布满垃圾的场地，慢慢踏上回程。

这倒是很有意义的一天，毕竟是第一次在美国听户外演唱会，第一次与名人合影。也算是不虚此行了。只是耳鸣第二天才好，而且演唱会之后还莫名的发了一场烧。难道是感染了"摇滚病毒"？

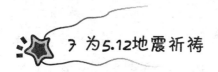

7 为5.12地震祈祷

2008年5月12日，这个中国人刻骨铭心的日子，华夏大地的天府之国四川遭到了最凶猛的自然灾害之———地震的破坏。举国哀痛，同时，政府和人民解放军以及全国人民都积极伸出援手，与灾难抗争，为人们在绝望中点燃希望。

想想那些和我同龄却不幸丧生的学子，那被扭曲撕裂的大地，官兵医护人员们面对堵死的道路心有余而力不足的无奈，以及总理和亿万人民的担忧，我只感到自己有一种作为中国人的民族使命感，有一种挺直脊梁的义务。

从2月的大雪灾,到3月的西藏暴乱,4月的奥运火炬海外传递受阻,以及穿插其间的胶济火车相撞事故,东突南航蓄意恐怖袭击事件,手足口病的疫情,乃至上海的公交燃烧事件,都令人感到了祖国在08年上半年的多灾多难,谁知如今又来了地震。不禁想到,温总理对灾区的孩子们提到的"多难兴邦"四个字。的确,这命运多舛的半年或许正是对中华民族的磨炼!

学校的同学老师们也都很关注中国的灾情,我们中国留学生更是心急如焚。记得最开始的早上,只发现了107名死难者,我当时还以为灾情并不严重,哪里想到当天放学一看新闻,已经有8000多人被发现遇难,到晚上数量又升到9000多,第二天一早已经有超过12000人了! 之后的日子里,这个令人悲痛的数字还在持续上升,许许多多的感人事迹更是敲打着人们的灵魂。

这段时间的圣经课前,Ms.Ditmars在惯例的祷告后,还请我带领大家为中国祈祷。闭上眼睛,我发自内心地用英文为灾民和解救工程祈祷,周围的同学也都严肃地默默祈祷。尽管我不相信神,但是现在却真的希望有神灵能让这件事情能早些好转,让伤亡数字不要再上升了……

5月17日周日在教堂进行宗教活动的时候,身为牧师的校长也亲自带领前来做礼拜的人们为中国祈祷,为被震灾波及到的人们祈祷。跟着大家虔心祷告的我,只觉得心中涌上一股温暖,感到世界上只要有爱心和关心,再大的痛苦都能缓解。于是我决定让更多的同学和朋友们了解发生在祖国,震惊世界的特大灾害,了解我国的人民是如何团结一致,抗击灾难的。我在"Myspace"和"Facebook"上面转载视频,撰写文

章，希望通过自己微薄的力量，为国家出一分力。

和父母联系时，得知全国人民都在积极捐钱捐物，他们也分别在单位和中华慈善总会捐了钱。Summer, Leilei等中国留学生的家人也是如此。我相信，祖国在全民的努力之下，必将度过难关！

短文译文：

我仍然记得在大地震发生的次日，也就是我带领大家在圣经课上为中国的灾区人民做祈祷时，已知的震灾死亡人数只有107人。当天放学后，这一数字就上升到7000多人。当日夜里又增加到9219人，次日就到了14000人。昨天又增加到19000，而今天早上又到了29888人。多么悲惨啊！

然而，使我深受感动的是中国政府和人民在面对巨大自然灾难时的迅速行动。他们成功地履行了自己的职责。我们的国务院总理在地震发生后数小时内就赶到灾区，坚持在当地组织和指挥抢救及救援工作，尽管那里还不断发生着4到6级余震。现在，我们国家的最高领导人也已赶到了灾区，还有10多万军人参加了救援行动。几乎所有的道路都被摧毁，也不能轻易使用大型机械用于救援，因为机械的使用可能对被掩埋者造成进一步的伤害。士兵们徒手搬开瓦砾，并清理通道。在最危险的地区，则有伞兵们从飞机上跳伞去实施救援，好几位士兵英勇牺牲。我还知道有不少外国朋友也参与了这次巨大的救援行动。

最使我感到难受的是有众多的学生和儿童在这次地震中丧失了生命，真是无法表达内心的感受……生命是脆弱的，但我们的生活仍然充满希望，因为有爱的存在！

英文短文原文：

I still remember that there were only 107 people were known being dead when I lead the pray about this disaster in Bible class right after the day on which the earthquake happened. After school on that day, the number of decedents increased to more than 7,000. And at that night it changed from more than 8,000 to about 9219. Then it was about 14,000 second day. Yesterday I thought it was more than 19,000. What so sad is that it inreased to 29,888 this morning.

What moved me so much is that the Chinese government and people did and are doing a great job! Our premier (similar with "Vice President") went to the disaster area in just a few hours after the earthquake while many after shocks between level four to six were still happening, and directed the saving and rescuing. Now our highest leader is in the disaster area and our premier just went back to Beijing yesterday. 100,000 soldiers took part in the rescuing work. All road were destroyed and almost no machine can give help for rescuing people from earthquake, because machines might bring more hurt to victims. Our soldiers use their hands to move the bricks and clear the road. At the most dangerous place, paratroopers got off from planes and do the rescuing works. But several soldiers had sacrificed. Many foreigners also help us a lot.

The saddest thing is that many students and children died. I don't know what should I say·········.

People are weak. But our life are still hopeful because of love.

8 篮球队颁奖及毕业午餐

5月20号，我们12年级的学生就要结课了。 15号晚上，学校组织了篮球队的颁奖活动。而5月16日周五早上，也成了我们在校的最后一次集体礼拜。

15日当晚6点整，大部分篮球队的成员都dress up，来到学校的食堂进行聚餐。大家吃得比较随意，意大利面，甜点，饼干，饮料包括冰块都是自助的。饭毕，颁奖仪式在学校的教堂开始。尽管所有队员都象征性地获得了奖状和奖牌，但基本没有什么实际价值。只是后来的正式颁奖，竟然由教练的两个儿子，Jadon和Cameron拿了多数奖项。我自己就不提了，连我最欣赏的后卫RJ竟然也毫无收获，令人不得不怀疑是否有什么幕后操作……不过仔细想来，这本来就是走个形式，Troy和念11年级的Josh两个超级主力从建队之初就退队了，之后的篮球队战绩更是一场未胜，惨不忍睹……奖项之类的，也无足轻重了。最后，教练助理Ms. Brenna给Junior Varsity的教练Mr.Coaxum送了一条领带，又给喜欢吃口香糖的主教练准备了一个装满口香糖的篮球状的篮子，很有创意，场面也很温馨。颁奖结束后，大家纷纷合影留念。

第二天早上，在例行的宗教活动之后，主持周五教堂活动的**Ms. Joy**把所有毕业生叫到前面排成一排，让我们对在座的所有人发表感言。此前，韩国留学生Nate已经回国，我们按照站位的顺序，每人都说了几句。最先说话的女生们发言都比较简短含蓄，而我前面的Troy，Josh，和Jordon则极尽调侃之能，开玩笑道"没想到自己竟然能最终顺利毕业"。轮到我的时候，我先对所有老师和朋友表示了感谢，之后表达了一下即将毕业的喜悦之情。我后面的Ralf和Leilei的语言都比较朴实，虽然平淡，却是真情的流露，现场气氛出现了一丝伤感。到了Jadon讲话的时候，他却已经泣不成声，从小就在Grace Christian Academy学习生活的他，和这里的所有人都很熟悉，此情此景，若想不流泪，也真是难为他了。好在收尾的Juno幽默的语言使气氛回转。他和Nate都将在下一学年就读于University of South Carolina（南卡罗来纳大学），因此回来看望大家的机会还有很多。

之后，Ms.Joy接过话筒，开始逐一评价和祝福我们每一位Senior。根据每个人的性格，特点的不同，她的谈话也各不一样。然后其他的任课老师如Mr.Coaxum，Ms.Blanco等也都对大家说了许多肺腑之言，在祝福我们毕业的同时，也提醒我们在人生的道路上要多加保重，还告诉我们，Grace Christian Academy永远是我们的避风港，他们也会永远为我们祈祷并帮助我们。最后讲话的Ms. Heidi平时和学生感情最好，发言时和儿子Jadon一样泣不成声，当时的情境非常煽情，许多人都感动哭了……

中午，我们senior没有上Understanding Times的课，而和任课老师Ms.Ditmars一道坐校车去一家颇有名气的叫做"Gilligan's"的海鲜餐馆吃了毕业午餐。长长的餐桌四周围了十几个与我一同度过高三时光的好朋友，虽然大家都有说有笑，但想必内心也和我一样，有着一丝怅惘。毕竟吃罢这顿"散伙饭"，下周再完成期末考试，就结课了。而月底的毕业典礼或许就将是大家最后的相聚了……饭后，我们在服务员的帮助下进行了合影，记录下彼此生命中一次珍贵的交集。

9 最后一天的高中生活

子在川上曰："逝者如斯夫，不舍昼夜。"转眼间，5月20号就这样匆忙得来到了眼前。上周五完成了英语的毕业论文。数学没有期末考试，前一天早上先考了经济，满分。之后第二第三节大家自己复习 Understanding Times，第四节进行了该课程的最后一次考试。下午第一节课时，我监考八年级学生的数学期末考试，判了一部分试卷。最后一节课是历史考试的复习，根据11年级的课程按排，应该明天才进行考试。但我事先与Mr.Coaxum商量了一番，把我的历史期末考试挪到今天早上和经济学一起考了，成绩也是满分。但最后的各科年终成绩如何，现在还没有结果。下午大家复习的时候，我把余下的8年级数学试卷也判完了。 放学后我和在校的同学朋友，以及我的"学生"们合影留念。虽然这一学年周五才正式结束，但所有的Senior在考试结束后都不用再来了，我的高中生活也就这样匆忙地走到了尾声，只差29号的结业式就正式毕业了。

与此同时，国际学生们也都一个一个离开了。早上4点半，来自南京的Hunter离开了学校，中午11时许，Rocky也启程回台湾了。我凌晨起床，赶着和Hunter合了影，中午也和Rocky照了不少像。下周五，Summer, Leilei，Wojciech也将踏上回程，而我也要和他们一起去机场，先到芝加哥呆一段时间。Nate早就回到了韩国，同屋的Woo, David, Boo也都在这几天陆续回国。

在这将近一年的时间里，我们住校的学生一起打球，一起参加各种活动，一起玩游戏，尽管也会偶尔有些摩擦，但共同生活一年的感情还是很真挚的。如今面对离别，每个人都很感伤。毕竟这一分别，以后也不知道何时能够再见了。Henry6月2号才回国，明年还会来这里读书，Rocky则要去费城念高中，Summer将到Charleston Southern University读大学，Leilei已经接到了Kansas State University的录取通知，我则要去UIUC开始大学生活。天下终究没有不散的筵席，尽管都留有联系方式，但今后是否能保持联络，各自走向何方，却又如何能预知呢？

回过头来审视这段轨迹，还是有很多遗憾，尤其是SAT和托福的考试结果，心里虽然很不服气，但也无可奈何。不过一年来的业余生活倒是很丰富多彩，感恩节到田纳西的Gatlinburg, Pegion Forge游玩；圣诞节去了NYC, Washington DC, Philly；年初再到Gatlinburg休学旅行，滑雪，游泳，听演唱会和布道。春假自助游，爽遍三藩市；刚刚过去的四月底，Senior Trip中和同学一道去了Orlando的Universal Studio, Islands of Adventure, Wet'n Wild, 和Sea World。除了远行，我还在南卡本地去了全国巡回的嘉年华，参加了在游轮上举行的舞会，听了著名摇滚乐队的户外演唱会。把Charleston的海滩，Downtown，也逛了个遍。还能经常去影院看最新上映的电影……这一切都是那么的令人愉悦和不舍！同时，我也在这里过了18岁的生日，为人处事也更成熟了……

另一方面，这里的老师，特别是校长，Host Parents也都给了我莫大的帮助，真的很感谢他们。一起的朋友们，虽然平时打打闹闹，如今我却也体会到了一年中彼此交集的重量。希望这里的朋友们一切顺利，也愿Grace Christian Academy越办越好！

第二天晚上Church没有进行宗教活动，而是组织平时Youth Group的人去Summervile的一家餐厅进行聚餐。饭毕，住校的学生们都随Mr.Terry和Ms.Gloria回学校了，剩下的学生到Ms.Joy和Ms.Heidi家聚会。我则陪校长去Wal Mart为明天晚上给小学生家长们举办的晚会进行采购。

回学校前，校长还要先往家送些东西。他位于Summervile的家所在的小区和电视剧"绝望的主妇"中的社区非常相似，是典型的美式社区。然而在汽车驶到离他家不远处时，我们赫然发现了一条一米来长的蛇卧在路边一动不动。下车查看后，校长怀疑是条响尾蛇，赶紧给他夫人打电话。不一会儿，校长夫人来了，经过仔细观察，发现该蛇是条"Copper Head"，即铜头蝮，是北美特有的一种毒蛇。于是我们决定杀死它……

后来我们用树枝挑着蛇尸，拿回去给校长的邻居和家人看，大家先是吓了一跳，之后议论纷纷，甚至有人开始质疑社区的安全性……

想不到高中生活的最后一段日子中，我还能有此奇遇。真是太有趣了!

10 毕业典礼

2008年5月29日，我终于迎来了高中生涯,同时也是12年基础学习的终结点——高中毕业典礼。

在此之前的大约一个礼拜时间，由于已经结课，日子过得比较空虚和无聊，学校里只剩下Wojciech，Henry，Leilei和我，每天过着晚睡晚起的颠倒生活。校长已经不在学校居住，而接待家庭也没再组织活动。所住的洋房中就只剩下我一人，于是每天睡到时近正午醒来后，洗漱完毕就去二楼的宿舍和他们会合。大家再一起去附近的餐馆就餐或者直接泡方便面。空闲时，我们通常一起看看电影，打打篮球，剩下的时间基本都用来收拾行李了。Leilei还特意买了个秤，我们几个可以来回称量并调整行李，以免临走托运时，行李超重被罚款……

29号在不知不觉中悄然而至，早上我还在梦乡之中陶醉，就被校长叫醒了，他告诉我经过学校老师们这几天工作，再加上刚刚从外地返回的学校会计Ms.Mellisa的帮助，学生们的年终成绩在今早全部算出来了，而我的成绩是所有Senior里的第二名，也就着今年的"Salutatorian"（年级或班级成绩第二的学生，通常在毕业典礼致开幕词),晚上需要演讲。而Jadon则是第一，也就是"Valedictorian"（成绩最好的学生，通常在毕业典礼致告别演讲），将在我之后演讲。于是我赶紧打起精神，花半个钟头撰写好了一份简短的演讲稿，内容并不多，长度只有一页半而已，还是写一行空一行的……内容主要写了些心里话，旨在能表达自己的真实情感。中午我去学校办公室打印演讲稿，并领了年终成绩单，这一学年的年终成绩全A!

美国政府（American Government）：96

经济学（Economics）：96

统计学基础（Elementary Statistics）：96

应该文学（British Literature）12: 97

圣经（Understanding Times）：100

健康（Health）：97

美国历史（U.S. History）：93

Teacher Aid（助教）也算作了学分，是100。

加上从初三到高二在国内的成绩，按照这里的标准直接换算后，我高中生涯的GPA总共是3.71，也算是基本合格了，Senior Year的GPA是4.0满分，这点还是比较喜人的。其实如果我在国内的成绩能够被公平的换算，想必总成绩也不会输于Jadon。

毕业典礼在晚上7点正式开始，到时候所有Senior都要Dress Up，并穿上博士袍，戴上博士帽。下午4点多，我穿戴整齐后，带上博士服，和Mr.Terry，Ms.Gloria, Wojciech, Henry以及Leilei去China Town进行了这一年最后的聚餐。他们也将以家人的身份出席我和Leilei的毕业典礼，这一年来的共同生活，相互体谅中，我们虽不是真正意义上的家人，培养出的感情却与家人无二。第二天，我们就要各自离去，因此大家都很珍惜这一晚相聚的时间。6点半左右，我们来到了学校临时租用的一个位于Summervile的大教堂，据说Grace Christian Academy每年的毕业典礼都在这里举行。同学在家人们的陪伴下陆续到来，所有人都穿得很精神，Juno的父亲还特意从韩国赶来参加儿子的毕业典礼。国际学生管理人Debbie也来了。大堂内布置得很有新意。观众席前的大讲台上，摆着所有Senior的超大幅照片，我和Jadon的照片在最中间。讲台正中是呈"2008"字样的小型雕塑组合，天花板两侧各悬下一幅放映投影用的白色幕布。家长们逐渐入座，而我们毕业生则在Ms.Mellisa的组织下，到更衣室套好博士服，戴好博士帽，排好队，在七点整准时从更衣室的偏门，也就是礼堂的后门，进入礼堂。Jadon走在最前面，我排第二，可是他一开始就走错了方向，引得全场爆笑……改正方向以后，在钢琴演奏声中，我们依次在最前排入座，毕业典礼也正式开始了。

首先，校长致欢迎辞和开幕辞，然后由以前的一男一女两名毕业生到讲台上演唱校歌"Alma Mater"。演唱完毕后，两块幕上开始放映学校为我们Senior制作的特辑，将每个毕业生从小到大的生活照片进行播放，呈现了每个人的成长轨迹，看着学生们小时候的可爱照片，台下的观众时不时鼓掌或发出会心的笑声。之后是Ms. Heidi在台上给每个毕业生发礼物，她在发礼物前先要总结一下该同学这一年来的生活，当然都是鼓励和积极的言辞。我得到的礼物是一盒美元的货币样品，代表了老师希望我将来能够成功的期待。每人得的礼物各不相同，有的是抱枕，有的是模型，想必老师们为此也花费了不少心思。

下一个环节是校长颁发Academic Awards（学术奖项），Jadon和我得到了最多的奖项，都是一块奖牌，三条绶带。我得到了一块象征"Salutatorian"身份的奖牌，一条代表篮球队员的绶带，一条Understanding Times单科最高成绩的奖励绶带，还有一条代表什么却想不起来了……

接下来轮到我和Jadon演讲。过程很顺利，我也如愿以偿地抒发了自己想要表达的情感，台下的Ms.Brenna在听我演讲时都感动得流泪了，想来一是因为分别的离愁，二也证明我的演讲比较成功。

此后又是两位校友的演唱。接着，Ms.Heidi走上讲台，宣读了一封当地议员写给毕业生们的信。校长再次致辞后，就开始颁发毕业证书了。大家的心情也变得激动起来，拿到毕业证书的人，都把博士帽的穗子从左边甩到右边，以示毕业。当颁发仪式结束后，我们站到一起，集体把博士帽抛向天空，来庆祝这珍贵的一刻。之后的时间就是合影留念了。

当晚的典礼结束后，大部分人都去"Ihop"进行了聚餐。饭罢，我和大家一一告别，坐Debbie的车回到了住处。一夜未眠，再最后整理和检查了一遍行李后，我给校长和Mr.Teryy,Ms.Gloria分别写了信，并留下了我国内的联系方式。凌晨4点，我，Leilei在接待家庭和Henry的陪同下来到了机场。最后的分别总是意味着悲伤，Ms.Gloria哭了，我的心中也有种说不出的感觉。挥手，回头，望着渐渐远去的面孔，我的眼眶湿润了。一切尽在不言中……

附演讲稿译文：

毕业演讲

晚上好！

首先，向我们2008届毕业班的全体同学表示祝贺！

在今天这个毕业的日子，我感到非常荣幸能站在大家面前来表达我的感受。我要感谢我的父母，感谢Debbie女士、Terry先生、Gloria女士、韦德神父、Joy女士、Heidi女士、教练先生、Lacey女士以及其他的全体老师，感谢我的格雷思学校的朋友们：Jadon、Troy、 Jordon Long、Walden、Ralf、Vanessa、Josh、Yadi、Summer、Juno、Leilei和Nate,你们给予了我很多，而我也为能与你们分享这一年来的生活感到无比荣耀。

在最近的这些日子里，我总是感觉到内心里时常出现一种空白感。直到在准备这次演讲时，我才认识到那是因为即将到来的离别而发自心底的伤感。那些美好的记忆就好象在昨天刚刚发生，至今依然历历在目。我们共同走过了感恩节、圣诞节、"火与冰"的旅行、春假、毕业旅行、毕业舞会，直到今天的毕业典礼。时光荏苒，我不能，也不想要去相信现在已是我们说再见的时候了。每个星期天的礼拜活动，假日里的旅行，还有我们国际学生在周末的一起闲逛，几乎都已成为生活的重要组成部分。忽然间，难道这些都要成为过去？

我仍然清楚地记得在我刚来这里时的英语水平很差，但我现在已能流利地与你们交谈。我也记得我曾有过的沮丧心情，在我面对申请大学的繁杂工作时，是Heidi女士和其他老师帮助我走出了困境，而在今年秋天，我

就要步入大学生活。我还记得我们所参与的许多活动，包括为我们毕业旅行进行的筹款活动，然而，我们的毕业旅行早在一个月前就已结束。

一年来的这些经历不仅已成为我生命的一部分，它还给了我两点重要的启示：一是心中始终要有一个目标，并坚持下去，直到所有的障碍被逾越而最终取得成功；二是要始终对那些帮助过自己的人怀着感激之情。如果没有你们的帮助，我真不知道自己现在的状况会如何。

我要将我最诚挚的感谢、爱和尊敬献给我的家庭、我的朋友们、我的老师们、我的毕业班同伴和格雷思学校！

祝大家好运！

我爱你们

谢谢！

2008年5月29日

演讲稿原文：

Graduation Speech

Good evening:

First off , congratulations to the Class of 2008!

It is my pleasure to be here in front of you on graduation day. I want to thank my parents, Ms. Debbie, Mr. Terry, Ms. Gloria, Pastor Wade, Ms.Joy, Ms.Heidi, Mr.Coaxum, Ms.Lacey, and all other teachers and my friends at Grace Christian Academy; Jadon, Troy, Jordon Long and Walden, Ralf, Vanessa, Josh, Yadi, Summer, Juno, Leilei, and Nate, you mean a lot to me, and I feel very proud to share one-year life with you.

These days I always feel like that my heart has gradually emptied. When I prepared this speech, I found out that it is the sorrow of leaving. It seems that all the happy memories just happened yesterday. We went through Thanksgiving, Christmas, Fire & Ice, Spring Break, Senior Trip, Prom, and Graduation today so quickly. I cannot and do not want to believe that now it is the time to say good-bye; however, time indeed runs extremly fast. It almost becomes a part of my life that attending church every Sunday, travelling different places in holidays, and hanging out with international students every weekends. But suddenly, all the above are history now.

I still remember how poor my English was at the beginning, but now I can talk with you smoothly. I still remember how depressed I was when I tried to apply universities, and then Ms. Heidi and other teachers helped me out from the stressed situation and this fall I am going to college. I still remember how we did in all kinds of activities to raise money for our senior trip, and now our trip was over a month ago.

So many experiences this year become a part of my life and teach me two lessons. The first one is that we should have a goal with us all the time and persist until we break all the barriers. Then we will get success. The second lesson is that we should always be thankful to people who help us. I

do not know what I will be like without your help.

I want to give the biggest of thanks, love, and respect to my family, my friends, my teachers, my fellow graduates, and Grace Christian Academy.

Gook lucks to all of you!

I love you!

Thanks!

Zhen Nie

5-29-08

后　记

　　傍晚，当我回到UIUC的宿舍后，看到老爸的一封邮件。告诉我，书已安排排版，编辑老师希望我能增补一篇"后记"。

　　我的书真的要出版了！怀着难抑的兴奋之情，打开已多日未曾想起的书稿，读起那些久违的文字，一幕幕往事又浮现在我的脑海之中，心情仿佛也跟着回到了过去。对比已经将近一年的美国大学生活，再回首初来美国学习的中学经历，两者在许多方面都可谓相去甚远。短短一年的高三生活，既紧张又令人兴奋，尽管伴随着苦涩，却也总是有无穷的值得回味的东西。这也说明了中学留学与本科乃至硕士博士出国深造，有着许多差异。而关于中学留学的各种资料和书籍又相对较少，我不时会想，我的这一经历能否对更多的学弟学妹有些许借鉴意义呢？因为我的确感到在美国的留学生活并非如人们所想象的那样风光，会有很多意想不到的困难要靠自己独立地去面对、去克服、去解决，甚至会感到无助和沮丧。有时还会遇到事关国家尊严的原则问题。在一些是非问题上，耳边也没有了父母和老师的叮咛和管束，一切全都靠自己。

　　当今世界越来越像一个"地球村"，更多的国人有机会走出国门，赴美留学不再是父辈中少数人的"光荣与梦想"，各个层面的人如今都有机会通过不同渠道出去经历一番。因此也有各种各样的情况会发生，有些人在痛苦中迷失彷徨一蹶不振了，有些人在喜悦中癫狂堕落乐不思蜀了。但多数的人，还是要痛并快乐着，一步一个脚印，扎实地走完求学之路。虽然独在异乡为异客，但是每逢佳节，却也未必真的心绪怅惘，倍感思亲。一人在外的生活既不是永远艰辛，亦不是充满喜悦，毕竟，学习才是主业，别的一切，虽然是生活的必须，却不是人生的必然。只有定力足够，能够把持住自己的人，才会笑到最后。最近常看到一些有关中国留学生在海外学习生活的负面报道，如留学生集体购买假文凭，以及一些因家庭原因而出国留学的现象，这些学生将留学视为"流放"。对于这些现象，我也能够给予理解，"流放"也好，留学也罢，终归是需要历练的。没有磨砺的一味享乐或者抑郁沉沦，只能毁了自己。相对于国内而言，身处这样的环境中，一方面在克服困难上少了一些可利用的资源，比如父母，而另一方面在是非问题上的把握也少了很多制约，可相反，往往犯错的后果更为严重，比如剽窃行为会直接导致被学校开除。对于这些道理，我虽然有着自己的理解和感悟，但诚实的说，自己做得还很不够。有句话说得好，"先做人，再做学问"，我希望能通过这本书和大家从一些对中国留学生现状的记叙中，共同思考和探讨如何做人。

总体而言，出国留学生活中所看到的、所听到的、所感受和体会到的事物都会丰富自己的阅历。而面对和适应全新的生活环境也使留学生们独立解决问题的能力得以提升，了解不同文化的差异和不同观点的冲突更能提高留学生们的思考判断能力。尤其是在克服一些困难，逐步从困境中走出来的时候，肯定相应的成就感也就不期而至。这不仅是人身经历的收获，也是自己思想境界上的升华。虽然我不能够完全确定在今后的留学道路上如何继续前行，但始终为自己当初的选择而庆幸。

值此书出版的机会，我谨向为我赴美留学之行提供过帮助的人们致以诚挚的感谢。首先，向格雷思学校的校长、老师、教练、接待家庭的家长和同学表示感谢。他们不仅令我了解了新的知识和文化观念，而且对我的生活照顾得非常周到。与他们朝夕相处的一年生活将在我的整个人生中留下不可磨灭的印记。尤其令我感动的是，当兰迪·韦德校长在得知我打算将自己在格雷思学校的生活写成书的第一时间，就很快为这本书写好了序言。我还要向我的母校——北京师大附中的佟晓凤老师（我的班主任）、刘沪校长、梁原草老师、白真老师、司保红老师、大卫·昆汀老师（外教）和同学们表示感谢，他们在我赴美前后的时间里都给予了我很大的支持。我还要感谢在我学习SAT、TOEFL英语的过程中帮助过我的老师及同学。并特别向为此书的出版倾注了心血，并付出无私努力的北京师范大学邓彤博士表示感谢。最后，我要感谢我的家人。父母不仅为我赴美留学提供了经济上的保障，而且时刻关注我前行的每一步。只有他们的鼎力支持和无私奉献，我才有可能将自己出国学习的梦想变为现实。姐姐和今年刚刚仙逝的爷爷也总牵挂着我，每次与万里之遥的他们联络和沟通都能带给我以莫大的宽慰与鼓励。

聂震

于美国伊里诺伊大学香槟分校

2009年5月

图书在版编目（CIP）数据

走向美国 / 聂震著.

—北京 ：中央编译出版社,2010.1

ISBN 978-7-5117-0166-4

Ⅰ．①走…

Ⅱ．①聂…

Ⅲ．①留学生教育－美国

Ⅳ．①G649.712.8

中国版本图书馆CIP数据核字(2010)第001572号

走向美国

出 版 人	和 龑	
责任编辑	邓 彤	
责任印刷	尹 珺	
出版发行	中央编译出版社	
地　　址	北京西单西斜街36号（100032）	
电　　话	（010）66509360（总编室）	（010）66509360（编辑室）
	（010）66161011（团购部）	（010）66130345（网络销售）
	（010）66509364（发行部）	（010）66509618（读者服务部）
网　　址	www.cctpbook.com	
经　　销	全国新华书店	
印　　刷	北京金瀑印刷有限责任公司	
开　　本	787毫米×960毫米 1/16	
字　　数	134千字	
印　　张	13.75	
版　　次	2010年1月第1版第1次印刷	
定　　价	38.00元	

本社常年法律顾问：北京大成律师事务所首席顾问律师 鲁哈达

凡有印装质量问题，本社负责调换。电话：（010）66509618